文春文庫

いつか、アジアの街角で

中島京子　桜庭一樹　島本理生
大島真寿美　宮下奈都　角田光代

文藝春秋

目次

いつか、アジアの街角で

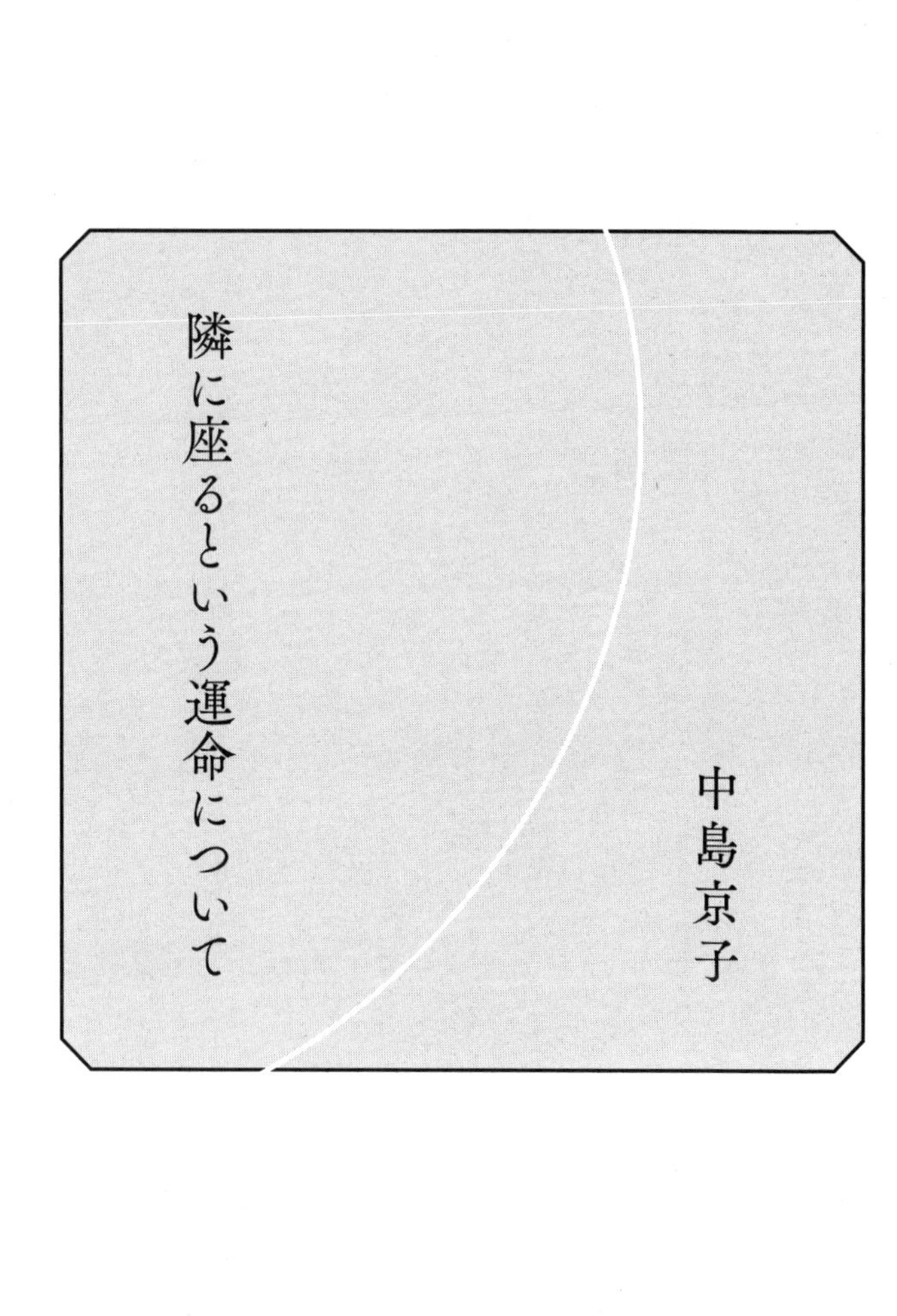
中島京子
隣に座るという運命について

　おたおたしながらも大学生としての新生活が始まった。

　同じ高校から来ている友だちがひとりもいないから、履修登録だのなんだの、何をするにも不安で神経をとがらせているらしく、下宿に帰ると疲れ果てて寝ている。

　幸い、大学までは徒歩十五分の距離なので、講義と講義の合間にも戻ってきて寝たりしている。大学生になってから、睡眠時間が爆増だ。

　語学のクラス（ちなみにわたしの第二外国語は中国語）で、声をかける友だちはできつつあるけれど、こういう、「隣に座ったから」とかいう感じの友だち作りが、あとあとどう展開するのかはまったく読めない。「隣に座った」のは、鹿児島のとても有名な進学校からやってきた、背の高い、押しの強い人物で、本名より先に、わたしが覚えたあだ名は「よしんば」だった。

　なにしろ「よしんば」が口癖らしい。そんな口癖ってある？　べつに出身地とはなんの関係もないようである。なぜなら、彼女の高校時代のあだ名からして、もうすでに「よしんば」だったからだ。

隣に座ったよしみでいっしょにごはんでも食べようかということになり、つるんで学食に行ったのだが、こちらもたまたま向かいの席に座った「舞踏科」の一年生の金子泉(かねこいずみ)さん（彼女はバレリーナだそうで、背が高く、瘦(や)せていて、それでいて、すごくしっかり食べるのである）と三人で自己紹介をし合ったときに、自分のことは「よしんば」と呼んでくれていいと、そう言ったのだ。

わたしは「真智(まち)ちゃん」、金子泉さんは「泉さん」（あんなに背が高くてきれいな人を、ちゃんづけでなんか呼べるわけがない）、そしてすごくふつうのちゃんとした名前を持っているはずの彼女のことは「よしんば」と呼ぶことになった。

「これから、わたし、会話のどこかで『よしんば』ってたぶん、言うから」

と、あだ名の由来を説明したあとでつけ加えたものだから、わたしと泉さんは、どこでその奇妙な日本語が出てくるか、気が気ではなくなった。じっさい、その日の会話の中では使われず、したがって、その不思議な言葉がどういう文脈で放たれるのかを実体験するチャンスを逃したわたしは、とうぜんのことながら、二人とわかれてからスマホで検索をかけた。もちろん、うっすら意味は想像できたけれども、具体的な使用例と切り離されて発せられると、その言葉がゲシュタルト崩壊的に分裂してきて、なんだかよくわからないものになってしまうわけで。

「たとえ（～であるとしても）」「仮に（そうであったとしても）」。それが「よしんば」の意味だ。それはそんなに驚かない。

驚いたのはそれが「縦んば」と漢字で書くことである。これは読めない。たぶん、試験に出たら解答できない。三択かなにかなら、勘を働かせて「いくらなんでも、たてんば、ではないだろう」とか考えて、当てることもできるかもしれないが、単純に「（　）内に読みを入れなさい」だとダメだ。

わたしが実際に、彼女がその言葉を放つのを聞いたのは、それから十日もしないころだったように記憶している。

わたしたちが入ったのは文化学科というところで、主に外国文化と言語、文学などを勉強する学科だが、一年生の間は細かい専攻分けをせず、一般教養的な科目を多く履修して二年目にそれぞれ専門分野を決めることになっている。

それで、二年目はどこに行くつもりなのか、という、わりに当たり障りのないと思われる会話をしていて、わたしが日本文化科にしようと思うと言ったら、彼女は真剣な顔つきで、なぜそうしたいのかと問い詰めだした。

「うーん。高校のときは英語もそんなに成績悪くなかったんだけど、ここに来たら、みんなすごいできる感じだから、英文は難しいかなと思って。中国語はまだ、アーとかウーとか発音しか習ってないレベルだから、これで語学とか文学とか研究するのは道が遠そうだし。いちばんできたの、国語だったから、やっぱり日文かな。本を読むのは好きだし」

「真智ちゃん、だけど、そんな、消去法でいいの？ 三年みっちり、勉強するんだよ。もっと積極的なモチベーションがないと、負けるんじゃない？」

「負けるって、何に？ てか、誰に？」

「自分にだよ」

自分に？ 負ける？

人生に勝ち負けを導入する発想に慣れていないので、ものすごくピンとこなかったのだけれども、続けて彼女はこう言ったのだった。

「よしんばそれで専攻を決めたとしても、まわりにはもっとモチベの高い人たちがいるわけじゃない？ そんな中で、気持ちが負けてしまわない？ もちろん、いま、ただちに決めなければならないわけではないし、これから二年次になるまでにしっかりした目標を定めればいいけれど、一年なんてあっという間じゃない。いくばくもないよ」

よしんば！ よしんば、こういうふうに使うのか！ それに「いくばくもない」とは。

「よしんばちゃん、よしんばって言ったね！」

「あ、言った？」

　自分でも、古語みたいなのを使うと妙に聞こえるという自覚があるのか、ちょっと顔を赤らめて、

「よしんばに、ちゃんはいらないよ。よしんばでいいよ」

と、もごもごご返してくる。

「うん。慣れたら、ちゃんは外すけど、まだ、あったほうが呼びやすいから」

「じゃあ、いいよ。ちゃんづけでも」

「よしんばちゃんは、どうするの？　専攻は中国文化科？」

「そこはいま、悩んでるところ。日本語と中国語の歴史的な相互関係について研究しようと思ってるから。たぶん、日文のほうだと思うけど」

「歴史的な、相互関係？」

「そう。言語交流史っていうかね。漢語が日本語を作った過程にも関心あるんだけど、近代以降の日本からの言葉の輸出についても興味あって。だけど、近代以降もただ一方的なものではなかったと思うし。なかんずく、インターネット時代になってから増えて行ってる日本語由来の中国語にも興味あるの。だからそれを体系的に、どういう状況でどういう影響を相互に与えあってるかを勉強してみたいし、その中でテーマが深まっていくはずだから、卒論に絞り込むんだ」

　わたしは口を「あ」と「お」の真ん中くらいに開けて、よしんばの話を拝聴した。

なかんずく。よしんばだけじゃなかったんだ。

「なかんずくっていうあだ名にはならなかったんだね?」

つい、そんな言葉が口に出てしまい、よしんばはキョトンとした顔でこちらを見る。

「なかんずく?」

「あ、いや、なかんずくっていうのもさ、あんまり使わないような気がして。よしんばと同じくらい、使わないかな。あ、でも、よしんばちゃんが使うと、すごくしっくりくるし、いい感じだよ。よくわかる。特にって意味でしょ」

「あー、それは。あだ名として長すぎるからじゃない? あだ名ってせいぜい、四文字までなんじゃない?」

「そうかも。なかんずくちゃんって言いにくいしね」

「ちゃん、いらないけどな」

「そういう、古めかしい言葉を使うようになったのには、なんか背景があるの? あ、ごめんね。ちょっと聞いてみただけだから、答えたくなかったらスルーして」

「べつにいいよ、聞いても。おじいちゃんの影響だと思う。うち、両親が共働きで、わりと、おじいちゃんといっしょにいることが多かったから。おじいちゃん、定年退職してからは習字の先生していて、いっつも家にいたんだ。それで、しゃべる言葉がね、おじいちゃんっぽくなった」

「おじいちゃん、お元気なの？」

「わたしが中学のときに死んじゃったんだけどね。ゆくりなくとか、さはさりながらとか、日常言語だったもんで」

「ゆくりなく？」

「うん。例文は、そうだなあ。今日はおじいちゃんの幽霊がゆくりなく部屋を訪ねてきた、とかね」

「幽霊が？」

「あ、そこにポイントはないんだ。高校の同級生と上野駅でゆくりなく再会したとかね。偶然とか、思いがけず、みたいな」

よしんばの、習字の先生をしていたおじいちゃんを勝手に思い浮かべて、死んだ祖父のことをそれこそ「ゆくりなく」思い出したりした。

わたしが知る限り、祖父の頭頂に毛はなかった。

そしていつも老眼鏡をかけていた。

祖父の父、わたしの曽祖父の代から産婦人科医で、近隣の人たちのお産を一手に引き受けていた彼は、性別を超越している雰囲気があり、穏やかで無口で、とてもまじめな人柄だった。孫にもやさしいという印象はないが厳しくもなく、取り上げた子どもの一人として成長は気にしているといった態度で接していた。

志桜里（しおり）さんのとつぜんの告白により、わたしの生物学的な祖母が澄江（すみえ）さんではなく志桜里さんだとわかり、しかも偽の出生証明書を書くなんて大胆なことをやってのけたばかりか、志桜里さんの子どもを澄江さんの子どもとして届け出て、何食わぬ顔をして育てるという出産劇の全シナリオを書いたのが、祖父・大久保莞爾（おおくぼかんじ）であるという事実を知ったいま、あの、仕事以外なにも考えていないように見えた禿頭の中を、割って覗いて見たかった気がしてくる。いったい、どんな顔、どんな口調で、その提案をしたものか！

だけど、わたしにとっては、仕事ばかりしている大久保産婦人科の院長先生はそんなに親しい存在ではなかったのだった。引退する年齢に達する前に、彼は脳溢血（のういっけつ）で逝ってしまった。だから、毎日、習字の先生のおじいちゃんと会話したり、おやつを食べたりしていたに違いない、よしんばの幼少期は、ちょっとうらやましくも思える。

家に帰ると志桜里さんが、豆ごはんを炊いたからいっしょに食べるかと聞いてくれた。

わたしたちの食事はたいていそれぞれ別だけれど、たまにこんなふうに声をかけてくれることがある。いなり寿司だったり、パエリアだったり。いっしょに食べなくても、余ったものをお弁当に持って行ってもいいと言ってくれたりする。志桜里さんが、実のおばあちゃん（という言い方も妙だと思うけれど）だと知ってからは、こうした血縁者同士の交流を、もしかしたら志桜里さんは求めているのかなあという気がして、誘われたら積極的に時間を作るようにしている。ただ、この元ヒッピーのおばあちゃんの言動は、予想がつかなかったり、リアクションに困らされたりすることも多い。

大学の語学の授業でたまたま隣の席に座ったのが、よしんばというあだ名の子で、その子がいまのところいちばんの仲良し、という話をすると、志桜里さんは躊躇なく、

「わたしと澄江ちゃんもそうだった」

と、相槌を打った。

「隣に座るって、そりゃもう、運命だわよ」

志桜里さんは、思い出に浸りつつ、うっとりしたように言う。

「それ以外に、なんの接点もない感じだったの、澄江ちゃんとわたしは。いや、おもしろい人だったわよ、澄江ちゃんは。だけど、なんというのかしら、まじめを絵に描いたっていうよりも、もっと強烈な個性だったわね」

大久保産婦人科の院長夫人としての祖母は、さほど強烈な人ではなかった。院長夫人という言葉がイメージ喚起するラグジュリアスな人物像とはほど遠く、たいへん地味な格好をする地味な人だった。社会生活の上では、専業主婦としての人生を全うした人だったから、女子大生時代にオリジナリティを放っていたとは考えづらかった。

「そうね、彼女の個性をわかってもらうのは難しいわ」

そう言うと、志桜里さんは本気でみけんにしわを寄せ、記憶を額の奥から引っ張り出

すような顔つきになった。

「あのころ、わたしたち、たいていどこへ行くにも都電に乗ってたの。大学の前に停留所があってねえ。それで、まあ、どこへ行ったか忘れたけど、乗ってたのよね、わたしたち。まだ、入学して間もないころで、澄江ちゃん以外に知り合いもいなくて。そのとき、たまたま、小銭を持ってなくてね」

「志桜里さんが?」

「そう。当時、運賃はたしか二十円だったんだけど」

「それは安いですね!」

「だって、五十年以上前よ。十円、足りなかったの。それで、澄江ちゃんに、貸してって言ったらね」

わたしは身構えた。あの、ばあさん、何を言ったんだろう! いや、ばあさんではなくて、女子大生だったころのおばあちゃんだけれども。

「『どうしよっかのぅー』って言って、いなくなっちゃったの」

「え? 貸してくれなかったんですか?」

「うん、そう。それがまあ、わたしたちの出会いというか、話しかけた初めての日」

「初めての日ってことは、まだ知り合ってないのでは」

「そんなことない。隣に座ってたから、お互い、顔見知りではあったわけよ」

「でも、十円、貸さなかったんだ！」

「『どうしよっかのうー』って言ってね。あれは強烈だったわね」

志桜里さんは、懐かしそうに眼を閉じると、急におなかがすいたかのように、無言でばくばく豆ごはんを食べ始めた。

わたしの目は宙に浮いた。

この逸話をどう考えればいいのか。

たしかに、十円貸してくれと言われて、どうしよっかのうーっていう答えは、どうかと思う。それが、おばあちゃんの口調そのものであるだけに、女子大生だったおばあちゃんがそれをどういうふうに言ったのか、わたしには数ミリのずれもなくわかったのだった。たかが十円、か、貸してあげればいいではないか、おばあちゃん！　しかし、名前も名乗りあっていない相手に、いきなり十円貸せという志桜里さんもどうなんだろうか。おばあちゃんがびっくりして、どうしよっかのうーっていう気になったのも無理からぬことではなかろうか。とはいうものの、隣に座っている相手なら、貸した十円は翌日には返ってきそうなものだ。当時の十円にどれくらいの価値があるかわからないけれども、いまどきの都バスが二百十円であることを考えれば、百円くらいのものだろうか？　貸してあげてもいいんじゃないか、百円。しかし、まだ相手のことをまったく知らない……。おばあちゃんは東京に出てきたばっかり……。わたしの思考が堂々巡りし

ている間に、志桜里さんは歌うように、

「どうしよっかのうー。どうしよっかのうー」

と何回もつぶやいた。

「それで、どうしたんですか？　十円は」

「都電の運転手さんに、明日、三十円払いますって言って、なんとかしてもらった」

「で、おばあちゃん、澄江おばあちゃんはどうしたんですか？　次の日も教室で会ったんでしょ？」

「うん。次に教室で会ったときね、澄江ちゃんが十円貸してくれた」

「え？」

「机の上に十円をぽちっと置いてね。目を閉じて、『なーん』って言ったの」

なーん。

それを言う、おばあちゃんの顔が目に浮かんだ。なーん。うちのほうの方言で、とてもよく使う。NOに近いけど、気にしないでちょうだいとか、こんなことなんでもないよとか、そんなすべてがこの一言にこもってる。

「だけど、十円貸してほしかったのは、その前の日のことですよね」

「そうなの！」

志桜里さんは、ものすごくうれしそうに笑いだした。

「澄江ちゃん、丸一日、考えてくれたらしいの。わたしに十円貸そうか、貸すまいか。それで、思い切って貸してくれて、『なーん』って言ったの。だからわたし、思わず笑っちゃって。そしたら澄江ちゃん、こんなふうに手を振って、『なんなんなーん』って言うの」

そうしてわたしたち、仲良くなったのよ。と、志桜里さんは言った。

それも、仲良くなるきっかけとして、どうなのか。むしろ決裂の原因となってもおかしくはない。

よくわからないけれど、おばあちゃんのズレまくりの「なんなんなーん」が、東京生まれ東京育ちのちゃきちゃきした志桜里さんの胸になんらかの作用を引き起こしたのは、間違いないらしい。血は水よりも濃いというけれど、わたしはやっぱり、自分は志桜里さんよりも澄江おばあちゃんに似ているのだなと、水の濃さをこんなときに確認する。おばあちゃんほどではないにしても、わたしも決断は遅い方だし、なんなんや、なーんはよく使う。しばしばそれはズレて、ひとに笑われている可能性がある。

「澄江ちゃんはいつも、とっても深く考えるのよ。いっしょうけんめい、考えるの。そうして出した結論は、だいたい、わたしも納得できるものだったわ。隣に座るって、運命よ。だいじにしたほうがいいかもよ、よしんばちゃんのこと」

満腹になった志桜里さんは、ほうじ茶をすっと飲んで、ふぅっと息をついた。

よしんばが、いつかわたしのために娘を生んでくれたりすることがあるのだろうか。

あ、いや、違う。わたしが、よしんばのために娘を生む？

なーん。なんなん。ありえん。

そんな特殊な事例が再び起こるわけがないけれども、それ以前に、よしんばとわたしは少しまだ、距離のある関係なのだった。書道の先生だったおじいちゃんとの蜜月ばかりでなく、何にでもしっかりした意見を持っていて、ヴィジョンだとかモチベーションとかがクリアーな彼女の存在は、うらやましくもある。ぼーっとした自分と比べて格段に大人のように思える。

そんなわけで、つい、よしんばの説得に抗えず、彼女が出入りしているインターカレッジの文芸サークルに、行ってみる気にもなったのだった。

日文専攻に進む気があるなら、ちょっと刺激になるかもしれないじゃない、とかなんとか言われたもんだから。

よしんばの高校時代の先輩がそこの主力メンバーで、文才のあるよしんばを引っ張ったらしい。だから彼女はその文芸サークルが出している同人誌に、小説だか評論だかを載せてもらうことになっている。わたしはとくに、どちらの才能もないからと及び腰だったのだけれど、なんにも書かない人もいっぱいいるし、他大学の人と知り合いになるだけでも楽しいじゃないのと言われて、べつにやることもないから出かけることにした。

よしんばからは、住所と電話番号をもらった。グーグルマップを頼りに、わたしは坂を下りて江戸川橋の駅に向かい、有楽町線に乗った。場所は飯田橋と市ケ谷の駅の間くらいにあった。グーグルマップは市ケ谷を指定してきたので、市ケ谷で降りたが、ひょっとしたら飯田橋のほうが近かったかもしれない。高台にあり、富士見という名前がついているからには、そこからは富士山が見えたんだろう、たぶん、昔に。

ともあれ、画面上の矢印は、重要なところで意味なく旋回し、指定された時間にその場所に到着することはままならなかった。

というか、わたしはわりあいと方向音痴である。

それで結局、市ケ谷駅までとって返してから、路上の案内地図をにらみ、所番地を確認して再度挑戦して、それでも迷いに迷って、ついに目的のアパートにたどり着いたときには、集合時間を一時間以上過ぎていた。

それでも、ひとが大勢集まる会ならば、一時間やそこらで散会ということもないだろうと思っていたのに、鉄筋コンクリートのそのアパートの二階の部屋を訪ねてみると、そこには誰もいなくて、呼び鈴を押しても誰も出てこないし、ちょっと控えめにドアをノックしてみても反応はなかった。集合時間が午後の四時で、時計はすでに五時を回っていたから、もしかしたら、みんなでどこかへ飲みに行ってしまったのかもしれない。

よしんばの電話番号は知っていたので、電話してみるのがいちばん確実な方法だと思った。それに、来たことは来たんだと伝えておかないと、せっかく誘ってくれたよしんばは、すっぽかしたと思って気を悪くするかもしれない。

それで、電話をかけてみたのだけれども、これがなぜだかつながらない。電波の入らないところにでも行ってしまったんだろうか。

そこに、郷里の友だちからどうでもいいような、でもこういうときには心慰められるメッセージが届いたりしたので、わたしはアパートの入り口にあった植え込みを囲むブロックに腰を下ろして、そのメッセージに返信を打ち始めた。内容は、県内の専門学校に進学した友だちが、同窓生の誰彼をどこで見かけたらどうなってた、みたいなたわいのない話題だった。あの、地味だったマツイがパーマかけて女の子と歩いてんの、とか、そういう感じのやつ。

気づいたら二十分くらいは、そのメッセージにつきあってしまっていたのだけれど、すごいねとか、うそうそとか、スタンプを駆使しながら返信している時間の後半七分くらいは、わたしの注意はもはやその友だちとのチャット方向には向けられていなかった。というのも、植え込みを囲むブロックの一メートルほど隣に、大学生くらいの背の高い男子が腰かけたからである。

女子大進学者といえども、男子が隣に腰かけたくらいで、うろたえることはない。

しかし、その男子がこう、しゅっとしてて、清潔感があり、几帳面な雰囲気の白いシャツとグレーのズボンみたいなクラシックな格好をしていて、開いた文庫本に目を落としていて、ページをめくったり、さっと前髪を掻き上げたりする指がピアニストみたいに繊細で、まつげがとても長く、少しふっくらした唇がとてもきれいな桜色をしていたりすると、ややうろたえるというか、落ち着かなくなる。

わたしは友だちとチャットしている間、そこを動かなかった。そして、クラシックな雰囲気の青年も、文庫本を読みながらずっとそこにいた。彼はそこに座り込む前に、かんかんと音をさせてアパートの外階段を下りてきたのだったし、その前に通りを渡ってきて、アパートの階段を駆け上がったのだった。

チャットが終わって、スマホをバッグにしまい、もぞもぞと立ち上がる時に隣を見たら、目が合った。

「あのう」

桜色の唇が開いて、言葉を発している。

「ここのアパートって、この住所で間違いないですよね？」

男子は大きく足を開いて体全体をこっち側に向け、文庫本に挟んであった小さな紙を取り出して開いてみせた。そこには、駅から何度も確認した、アパートの住所と部屋番号が書かれていた。

わたしは小さく息をのんだ。

「どうかしましたか？」

「あ、じつはわたしも、今日」

スマホを取り出し、よしんばにもらった住所がわかるように開いてみせると、男子もびっくりして、おっ！　というような音を発した。

「同人誌の会合があるからって、聞いてきたんだけど」

「わたしも同じです。でも、四時スタートって聞いてたのに、一時間くらい遅れてしまったので、もう、終わっちゃったみたいで」

「うん、ぼくもかなり遅刻だから。でもまあ、ぼくだけじゃなくて、よかった」

男子は、M大三年のエイフクです、と名乗った。

「エイフクさん？」

「同じ大学なのかな？」

「わ、わたしは、O大一年の坂中真智です」

なぜ、わ、わたしはと、言い淀んでしまったのかは、いまだに若干不明だけれども、わたしの頭の中には「隣に座るって、運命よ」という、志桜里さんの言葉が旋回していたのだった。

「真智さんは、いつからこのサークルに？」

「今日、初めて来たんです。見学のつもりだったんだけど、早くも失敗してしまって」

「じゃ、ぼくらのサークルにようこそってことになるのかな」

「あ、はい。はじめまして」

「しょうがないなあ、新入生をひとりにするなんて。よろしく。とはいえ、ぼくもここには初めて来た」

エイフクさんは、立ち上がってお尻のあたりを少しはたき、ついでにポケットに文庫本を突っ込んだ。

「しょうがない、戻るか」

じゃ、と行きかけてから、エイフクさんは振り返って言った。

「ええと、真智さんは、東京、詳しい？」

なんなんなんなん。

「あ、ぜんぜん、詳しくないです」

「もしかして、大学入学でこっちに？」

わたしはコクコクうなずいた。

「ぼくは、これから靖国神社通って九段下に行って、そこから神保町方面に行こうかなと思ってるんだけど」

「あ、わたしも帰る方向は、そっちなので」

ほんとうは、市ケ谷駅に戻って有楽町線で帰ることしか考えていなかったのだけれども、この「帰る方向は、そっち」というフレーズがとつぜん気持ちよく頭に浮かんできて、自分が少しだけいつもよりも悧巧(りこう)なような気がした。こうして、わたしとエイフクさんは、思いがけず小さな東京散歩をすることになったのだった。よしんばなら「ゆくりなく」と言うところかもしれない。

ただ、不思議なことに、エイフクさんはアパートの敷地内を出ると、確信があるようにどこかへ向かって歩き出し、なんでもないような場所でぴたりと足を止めると、

「ふーん、ここが偕行社かぁ」

とかなんとか、ぶつぶつ独り言を言うのだった。

「カイコウシャ？」

「うん。陸軍の親睦組織ね。ふうむ、なるほど、獅子(しし)の頭が見える」

獅子の頭？

「え？　どこ？」

「そこそこ。ほら、口から噴水が出てる」

「えー、なに、なんの話ですか？」

「見えないならまあ、いいけど」

わたしは頭にクエスチョンマークを浮かべながら、エイフクさんについて行った。

桜のシーズンをとっくに終えて、新緑の季節を迎えていた靖国神社の境内は、それほ

どの人出ではなかったけれど、それでも土曜日の夕方、それなりに家族連れやカップルが散策していて、春の夕方の東京を楽しむにはいい場所に思えた。

「何を読んでたんですか？」

少し気分がほぐれて、わたしはエイフクさんのお尻のポケットにおさまった文庫本を指さした。

「あ、これ？　うんとね」

引っ張り出し、差し出した本は、横光利一（よこみつりいち）の『機械・春は馬車に乗って』だった。

「先生の本」

「先生？」

うん、と、うなずいてエイフクさんは、

「読む？」

と、とてもナチュラルな調子でたずねた。

「え？　貸してくれるってことですか？」

「ぼくはもう、何回も読んでるから」

借りるということは、返すということだよな、と、わたしはとっさに考えた。

「返してくれなくてもいいよ。何冊か持ってるんだ。別の出版社のだけど」

返さなくてもいいという言葉に、ふくらんでいた風船が急にしぼんでいくような感覚

があって、

「返しますよー、もちろん。借りていいなら」

と、おおいそぎで答えて、ひったくるようにして文庫本を受け取ると、エイフクさんはびっくりして、ちょっと笑った。

「ごめん、自分の趣味を押し付けてしまって。文芸サークルに来るような人なら、小説好きなのかなあと思ったものだから」

横光利一を「先生」と呼んで私淑しているくらいだから、よっぽど好きなんだろう。わたしも小説は好きだけど、そういう古いのだと、川端康成(かわばたやすなり)を読んでみたくらいだ。でも、もしかしたら、こういう出会いが、よしんばの言う、日文専攻に進むためのちょっとした刺激というやつなのかもしれない。

それ以上に、わたしの東京生活にやっと登場した「ちょっとした刺激」ではありそうだったので、わたしは文庫本をていねいにバッグにしまった。女子大に進学する唯一の懸念は出会いのなさなんだから、それがたとえ蜘蛛(くも)の糸のようなものであっても手繰(たぐ)り寄せなければならないだろう、と、わたしもなけなしの文学的比喩を頭に浮かべる、芥(あくた)川龍之介(がわりゅうのすけ)。

ぶらぶら歩いていると、いつのまにか駿河台下の三省堂あたりまで来てしまった。東京というのは、案外、歩けてしまう場所らしい。

エイフクさんはちょっと時計を見ると、一本指を坂の上の方に向け、

「大学、寄ってくから、じゃあ」

と言った。じゃあ、とは、ここで別れるという意味か。

「あ、待って」

これ、読んだら返すので連絡先を、と聞こうとすると、エイフクさんは気が変わったのか、

「腹、減った。飯、食っていく。真智さんは？」

と、おなかのあたりを撫でながら訊く。

そういうわけで、わたしたちは、エイフクさんがよく行くという駿河台下のカレー屋さんに入って、向かい合わせに座り、ポークカレーを待つことになった。エイフクさんは疲れたのか、大きなあくびを何度かした。あくびをされるたびに、ちらっと傷つく。

「ごめん。昨日、深酒して友だちの家に泊まったんだよ。それで、中途半端な睡眠時間だったもんだから」

もう一回、あくびをしながら、エイフクさんは言い訳した。

「エイフクさんはどこ出身なんですか？」

ほかに話題もないので、なるべく愛想のいい笑顔を作って訊いてみた。

「あー、ぼく？　出身？　ええと、台湾」

「え？　台湾？」

「そう。台湾」

「え？　台湾？」

「そんな驚く？」

「ていうか、日本語すごくうまいから」

言ってから、わたしは自分の顔がみるみる赤くなってくるのを感じた。

ダメだ、真智。ネイティブ級の日本語を話す外国人に「日本語上手」って言うのは、なんていったか。すごくダメなことなんだよ。本に書いてあったじゃないの。このあいだ見た映画にも、そういうシーンが出てきて、なんだったっけな。マイクロアグレッション？

「あ、すみません。ごめんなさい。そういう意味じゃないっていうか、うま、うま、うまいとか上からみたいに、あ、なんだろう、あの、わたし、あの、その」

「中学からこっちなんだ。でも東京じゃない。愛知県。名古屋」

エイフクさんはまた大きなあくびを嚙み殺しながらそんなことを言う。

「ああ、そうなんですね。わたしは北陸です。富山県です」

「へーえ、魚のおいしそうな」

「魚、おいしいです！　まちがいないです。スーパーとかでもめっちゃうまいです。東京のスーパーの魚は食べれん」

「そうなん？」

「食べれん、食べれん。別の食べ物かと思いますよ」

わたしが調子に乗るとエイフクさんは笑い出した。だけど、いまの「そうなん？」は、まるで富山ネイティブみたいやったな、と、わたしはひそかに思う。

「小学校までは台湾で？」

「うん、台中」

そういえば、と、ふと、わたしは志桜里さんの言っていたことを思い出した。

「そういえば、わたし、いま、小日向（こひなた）ってところに住んでるんですけど、そこには昭和初期に建った、台湾人学生寮があったらしいです」

ん？　と、唸るような音を喉（のど）の奥で出して、エイフクさんはきりっとした太い眉毛の下の大きな目をわたしにむけた。

「清華寮の近くに住んでるの？」

「もう、寮じたいはないんですけど」

「友だちが住んでるかもしれないな」

「いや、寮じたいはもう、ないんですって。あ、じゃなくて、小日向にお友だちが？」

「うん。いそうな気がする。これから行ってみるか」

え？　これから？

わたしは時計を見た。それからエイフクさんを見た。いくら友だちがいるかもしれないからって、昨日も他人の家に泊まったみたいだし、行ってみて、また、いなかったらどうするつもりなんだろう、行き当たりばったりな人だなあと、初めてエイフクさんに対してちょっとネガティブな評価が胸に浮かんだ。

しかし、エイフクさんは猛然と大盛カレーを食べ終えると、

「じゃあ、これからいっしょに、行ってみましょう！」

と、スパイスの刺激があくびの元にも作用したのか、眠気が飛んだらしく、ひどく元気になってしまった。

「え？　これから？」

思い切ってせいいっぱいの疑問符つきで口に出してみたが、相手はこちらの懸念に気づく気配もない。

「うん。送りがてら」

本人は、よほど健脚なのか、

「テクシーで」

と、また、いったい、どこから引っ張ってきたのか、古墳から掘り出したみたいなジョーク（タクシーと「てくてく歩く」を掛けているのだという。きっと、よしんばなら

知っているに違いない）を口にし、またもや大股でがしがし歩き出したが、わたしはもう歩く気は喪失していた。だいいち、スニーカーではなく、ヒールのあるおしゃれ靴を履いている人間を、やたらと歩かせるのもどうなのか。わりと見た目が好みっぽかったために芽生えた好意は、ここへきて、急速にしぼもうとしていた。

　わたしは、おなかがいっぱいになったら、なるべくラクしたいタイプ。家だったら、まずゴロっと横になるタイプ。

　これがもっと親しい間柄なら、足が痛いから地下鉄で行こうと言えるのだけれど、その日会ったばかりだったし、エイフクさんは公共交通機関のコの字も頭にないようだったし、わたしはまだいろいろなことに不慣れなわけで、仕方がないから己に鞭打つようにして歩き出したが、こうなると、駿河台―小日向間は遠いし、坂が多すぎる。

　駿河台下から斜めに水道橋を目指すような方向に坂を上ったり下りたりし、東京ドームシティの中を突っ切って、春日通りに出た。日はどんどん暮れていって、そのかわりに、園内の遊具は美しくライトアップされて、とてもきれいではあったけれども、靴擦れが痛くなってきたので、ちっとも楽しめない。

　せめてここからでもいいから、地下鉄に乗りましょう、エイフクさん。わたし、座りたい。

　という言葉が、遠慮のために、我が口から出てこない。

エイフクさんは、少し足を引きずりはじめたわたしを見て、あれ、痛いのかな、と言って、少し歩幅を修正したが、それでも行軍みたいな徒歩移動をやめようという気はないらしく、無神経にも平気で緑色の都バスを見送った。

わたしはどんどん無口になっていったけれども、エイフクさんは饒舌で、横光先生の話をたくさんした。聞いているとまるで、横光利一が現役の作家で、M大学の文学部で教鞭を執っているかのような口ぶりだ。ヤマモト先生だとかヨネカワ先生だとか、キシダ先生だとかコバヤシ先生とかについても、非常に熱っぽく語り、これだけの教授陣はそうそういないとM大学を絶賛するので、わたしはやはり自分の大学選び、専攻選びの動機が薄弱に思えて、足も痛いし、みじめな気持ちになってきた。大学に入るまで、どんな先生がいるのかもよくわかっていなかったのだ。

茗荷谷駅に近づいてくると、さすがにわたしのほうが道をよく知っていると思えたのに、なぜだかエイフクさんはひょいと路地を曲がり、わたしの知らない道を行く。

そこにはまた、わたしの知らない坂がある。

そして、坂を下り切って細い道を行こうとすると、そこに赤い幟のようなものがひらひらはためいていて、ぼーっと蠟燭に照らされた、お稲荷さんが浮かび上がった。胸がどきんとした。

わたしは小さいころから、お稲荷さんがこわい。もしかして、自分の前世は油揚げだったのではないだろうかと思うほど、お稲荷さんが苦手だ。取って食われそうな気がする。あの白かったり、灰色だったりする狐が、ぽつん、ぽつんと境内に置かれている姿が、どうしてだか非常に不安をそそる。

息を止めて通り過ぎ、トンネルを抜けると、ようやく自分の知っている坂道に出た。ああ、もう、ここを上り切れば、志桜里さんのいる家にたどり着く。

そんなことを考えているわたしは、もう、エイフクさんのことはどうでもよくなっていた。とにかく靴擦れが痛いから、早く家に帰りたい。帰って靴を脱ぎたい。それ以外のことが、なんにも考えられない。

それなのに坂の途中で、エイフクさんは急に立ち止まり、後ろから歩いていたわたしは、その背中に頭をぶつけた。

「わ！」

と、わたしは言った。もう、すいませんとかいう声も出ない。

「あ、ここだ。ちょっと寄って行こう」

エイフクさんは、坂道に沿って建てられた、介護施設に入っていく。なにをしているんだか、エイフクさん！

「そこ、介護施設ですよ。なんか用事あるんですか？」

「寮だよ、ここ。うん、ここは門だ」

そう言うと、エイフクさんはどんどん奥へと進んでいく。そういえば昼間も、獅子がいるとか首があるとか、なんだか言ってたよね。

「エイフクさん、わたし、近くなんで、もう帰ります」

投げつけるみたいにそう言って、わたしは最後の力を振り絞って坂道を上る。早く、脱ぎたい。この靴を脱ぎたい。脱ぎたい。脱ぎたいんだってば！


お風呂のあとに、志桜里さんに靴擦れ専用の絆創膏を出してもらった。今日はえらいめに遭った、なにしろ、靖国神社から駿河台下の三省堂、そこからこの家まで歩きっぱなしで、と愚痴(ぐち)ると、坂好きの志桜里さんはまた、それはどの坂で、そっちはなんていう坂でと、うれしそうに解説を始めた。

わたしがエイフクさんの奇妙な行動のことを話すと、はじめのうちは、

「靴擦れに気づかないのって、男の子っぽい」

と笑っていた志桜里さんは、急に不思議そうな顔をして、

「真智ちゃん、また、幽霊に会っちゃったのかしら」

と言う。

「幽霊？」

「ほら、このあいだ、酔っぱらって、フェノロサの妻の幽霊と会ってたじゃない？」

「えー、あの人、幽霊なんですか？　夢だって、志桜里さん、言ったくせに」

「そうよ。だから、夢だか幽霊だか知らないけど、真智ちゃん、そういうのを見てしまうタイプなんじゃない？　霊感が強いって言うの？」

「なんで霊感？　獅子の首が見える！　とか変なこと言ってたのはエイフクさんで、わたしじゃないもん」

「いや、その、首がどうしたこうしたは、わからないけど、横光利一はたしかにM大で教えてたわよ。昭和九年とか、そのくらいの時代」

「はい？」

「あと、誰が教えてるって言ってた？　山本有三（ゆうぞう）とか言ってなかった？」

「ヤマモト先生とか言ってたけど、有三までは言ってませんでしたよ」

「ほかには誰？」

「ヨネカワ先生」

「米川正夫（まさお）。ロシア文学」

「キシダ先生」

「岸田國士（くにお）。劇作家」

「コバヤシ先生」

「小林秀雄（ひでお）。文芸評論家」

「志桜里さん、なにを見てるの?」

「『M大学文学部五十年史』っていう本。言ってなかった? わたし、定年退職する前は、この大学に勤めてたって」

「えっ? じゃあ、横光利一と同僚だったんですか?」

「やめて。いつの時代の話よ。わたしは昭和九年なんて生まれてもいないわよ。だけど、この本には、そういう歴史が書いてあるからね」

「じゃあ、あの人、えっ? いまの時代の人じゃないってこと?」

「知らない。真智ちゃん、また、酔っぱらってたんじゃない?」

「酔ってないですよ! 昼間、がしがし歩いてただけです!」

志桜里さんの言うことを信じたわけではないけれども、お稲荷さんあたりから薄気味悪い感じは漂っていたし、ひゅうっと背中に冷たい風が吹いたような気がした。なんだろう、あの人。どういう人なんだろう。

それに加えて、翌日、語学のクラスで会ったよしんばが、追い打ちをかけるようなことを言い出した。

昨日はごめん、ごめんと、よしんばはこちらの顔を見るなり、言うのである。

「集まるっていっても三人しか来なくて。間が持たなくて、カラオケ行っちゃったんだよね。もう、来ないのかなと思ってさ。そしたら、盛り上がっちゃって、連絡が来てるのに気が付かなくって。ごめん。次は待ち合わせていっしょに行こう」

「こっちも一時間以上遅刻したから、それはいいよ。おたがいさまってことで。それより、なんか、変わった人に会ったよ。M大の三年っていう男の人で、エイフクさんて人」

「エイフク……？　なんか聞いたことある」

「ある？」

「ある、ある。エイフクさんでしょ。あ、実在したんだ！」

「どういうこと？」

「すごく変わった人みたい。有名な幽霊会員だよ」

「幽霊⁉」

よしんばが言うには、どうも前からいるにはいるが、ほとんど顔を見た人がいないという人物で、旅行先にふらりとあらわれて一日だけいっしょにいたとか、たしかに飲み会で隣に座ったはずだけれど会計のときにはいなくなってたとか、妙なエピソードばかりがある人なのだという。

ふう。

わたしはその文芸サークルのメンバーにはまだ会ったことはなく、唯一出会ったのが、幽霊会員ということになるらしい。たしかになにかしら、幽霊系統の出会いの才能があるのかもしれない。

エイフクさんに二度目に会ったのは、それから一週間か十日くらいした日の午後のことだった。

わたしはその日のスケジュールを終えて、家に帰るために坂を上っていた。

すると、例の介護施設の看板の下にある、レンガに囲まれた植え込みの角に、どこかで見たような人物が座っているのが見えた。三メートルほど手前で立ち止まり、視線を向けると、ボケッと座っていた彼は立ち上がって、右手を中途半端に上げた。

「やぁ、あの」

「あ、幽霊の……」

言いかけると、エイフクさんは困ったような顔をしている。

「あの、あのさあ」

この人が幽霊かどうかはわからないが、ともかく借りた本は返さなければならない。

そう思いついて、わたしは走り出した。この日は走れる靴を履いていたからだ。走りながら振り向きざまに、びっくりしているエイフクさんに声をかけた。

「待ってて。すぐ戻るので、そこにいてもらえます？　二、三分だから！」

あっけにとられた表情のエイフクさんは、また、ゆらりと植え込みの角に座った。

わたしは家に戻り、ベッドサイドに置いてあった文庫本を取り上げ、もう一度靴を履いて坂を駆け下りた。幽霊が昼間に出るわけはないと思うが、そうしたはかない存在が、求めに応じて待っていてくれるかどうかはわからない。

　息を切らして介護施設の前まで行くと、エイフクさんはさっきと同じ姿勢でそこにいる。

「これ。ありがとうございました」

「あ、ああ。いいのに。もう読んだの？」

「読みました」

「どうだった？」

　わたしは両手を膝に置いて、はぁはぁ息を弾(はず)ませながら、おもしろかったですぅ、とだけ吐き出した。

「ほんとに？」

「とくに好きだったのは、タイトルになってる『春は馬車に乗って』っていうやつ。のどかな題からは想像つかない話だけど。ほかのも、みんなおもしろかった。わたし、これ、けっこう好き」

　エイフクさんの顔はぱぁっとほころんで、とてもうれしそうになった。

　そしてエイフクさんは改めて、自己紹介をしてくれた。

　彼の名まえは永福颯太(そうた)。お父さんの仕事の関係で、台湾で生まれ、小学校まで台中で育ったが、日本人だそうだ。え？　日本人なの？

「このあいだは、頭の中がすっかりフエイフクになっていたので、会話がぜんぶ、ちぐはぐになっちゃってて、後から考えて誤解を生んだような気がして、今日は訂正しようと思って、ここで待ってたんだ」

誤解？　訂正？

フエイフク？

「僕の苗字は永福だけど、フエイフクとはなんの関係もない。フエイフクは、戦前に日本に留学していた台湾人の小説家で、フは、巫女の巫、と書く。エイフクはぼくの苗字と同じ。永福町の永福。彼は西片(にしかた)に下宿して、M大の文学部に通っていた。真智さんと会った日は、たまたま九段上のアパートでサークルの会合があるって聞いて、九段上なら行ってみようかなと思ったんだよね。巫永福の『首と体』っていう短編の舞台だから」

「首と体？」

「千代田区の富士見っていう電停から歩き始めて、東京を漫歩する短編で。その舞台を歩こうと思ってね。真智さんから清華寮の話を聞いて行先を変えちゃったけど。ほんとは日比谷方向に行こうかと思ってた。小説の中では主人公が日比谷に行くから」

幽霊では、ない。

どうやら、幽霊では、ないらしい。

「首が見えるとか、けっこう不気味なこと言ってましたよね」

「うん、だから、その短編に書いてあったことを、頭の中で想像して、その想像の目で見ているというかね」

「そんならそうって、最初から言ってくださいよ」

「憑依型っていうか、入り込んじゃうんだよ、本を読むと。真智さんが走って逃げちゃったから、あ、やっちまったと思って」

幽霊ではなく、変人の幽霊会員というのが、ほんとうのところらしい。

「巫永福の作品、翻訳は出てるんですか？」

「何語から何語への？」

「え？　だから、日本語訳ってことですよ。台湾の作家なんでしょう？」

「そうだけど、彼は日本語で書いてるよ」

「え？　あ。昔の人だから？」

「植民地の時代の人だから」

「そうか。そうですよね。ここに住んでた留学生たちも」

「一九一〇年前後生まれの彼らは、同化教育のもと、小学校から日本語を勉強させられた世代になる。時代状況の中で、どうしても二つの文化を持つことになったんだよね。

人によっては、二つだけではなかったかも。単に、言語という意味でも。台湾はもともと、多民族社会だから」

うち、母親が台湾人なんだよね、と、エイフクさんは続けた。

「お母さんが？　あ、じゃあ、お父さんは台湾でお母さんと知り合ったんですね」

「そう。だから、ぼく自身ミックスで、ミックスカルチャーには関心がある」

それからエイフクさんは、巫永福が当時M大で横光利一やほかの著名作家の講義を受けていたことや、西片の下宿で台湾文学の雑誌『フォルモサ』を創刊したこと、自分はたしかにM大の学生だけれど、じつは学部は法学部であること、でも、いまは文学のほうが好きになってしまったから、文学部に転部するか、大学院に行こうかと考えていること、などを話してくれた。

「『首と体』っていうのは、獅子の首に羊の体がついているとか、その逆とか、そんなことを考えてる男の話でね」

「それで獅子の首がどうとかって言ってたんですね？」

「語り手はスフィンクスを思い浮かべたりもするんだけど、これはやっぱり、キマイラを連想するほうがふつうじゃない？」

「キマイラ？」

「獅子の首に山羊の体、それに蛇の尻尾」

「あ、キメラ？」

「そう。キメラ。異質なものの合成を意味するもの」

憑依型のエイフクさんは、また、なにかにとり憑かれたみたいに話し出した。その台湾人作家の話から始まって、アニメの『おおかみこどもの雨と雪』の話に移ったりした。

介護施設の前には、ラベンダーが植えられて、いい香りを放っていた。わたしはせり出したラベンダーをよけるようにちょっと間を空けて、エイフクさんの隣に腰かけた。『おおかみこどもの雨と雪』は、わたしも好きな映画だった。話はまた、貸してもらった文庫本に戻ったり、台湾人留学生の話に飛んだりした。

春の風は心地よくて、わたしたちはそうやって、ずいぶん長いこと話し込んだ。

桜庭一樹

月下老人

二〇一九年十一月十四日　橡(つるばみ)、紅(くれない)のダウンを借りる

「紅……か？」

という、すこぶる変な寝言を言い、それが自分で自分の耳に入って、起きた。うーっと寝返りを打つ。その動きだけで、安物のシルバーのパイプベッドがいまにも壊れそうにクキュクキュと音を立てて揺れた。

外はうっすらと曇り空。壁掛けの古い時計が午前八時半過ぎを指している。ちょっと寝坊したな……。ほとんど何もない六畳の部屋で立ちあがり、ゆっくり伸びをする。腹が減ってるな、大通り沿いのルノアールでいつものモーニングを食うか、ととりあえず部屋を出た。

——ここは東京の新大久保駅近く。日本有数のコリアンタウンから多様な民族のるつ

ぼへと進化を遂げた街。喧騒の大通りから横丁に入ったところの百人町第百ビル。細長いペンシルビルで、一階には俺と相棒が働く道明寺探偵屋が入っている。二階には相棒の個室、三階には俺の個室がある。四階は共同トイレと洗面台とシャワー室とキッチン。五階と六階は観光客向けのゲストハウスだ。

俺の名は、黒川橡。二十八歳。新卒から三年だけ公僕として勤めたものの、いまはしがない私立探偵だ。相棒と二人、素行調査にペット探しなど、さまざまな依頼を受けて日銭を稼いでいる。

あくびしながら階段を上がり、四階の洗面台で顔を洗い、歯を磨く。って、今日、寒っ！　一昨日まで関わっていたとある事件のせいで、大切な一点物のコートを失くしちまったばかりなんだが……。ぶるっと体を震わせ、階段を降り、二階の相棒の部屋のドアを開ける。無人で、床に黒い薄手のダウンが無造作に落ちている。「借りるぞー」と独り言を言いながら拾い、羽織りつつ、ゆっくり階段を降りた。

あれ？　肉の脂が甘辛く煮込まれてるようないい匂いが漂ってくるぞ？　いや、なんでだ？　一階は探偵屋で、食い物なんて何もないはず……？

二人分の忙しない話し声も聞こえてくる。片方は相棒だが、もう片方は聞き覚えのない年配男性のものだった。

オフィスを覗く。と、両腕で円を作ったぐらいの直径の、つまりけっこう大きな鉄の鍋がぐつぐつと煮たっていた。なるほど、いい匂いの原因はこれか。って、ほんとになんでだろう……？

大鍋の向こうに、相棒の女、真田(さなだ)紅が仁王立ちし、「ずっとかき混ぜてたらいいんだよね。まぁ楽勝っしょー」と、何かはわからないが、何かを安請け合いしていた。って、またか！　こいつはほんとお人好しで、なんでも引き受けちまうし、犯罪者に同情して庇(かば)っちゃうしで、つまりはそれが、我が社のいつものトラブルのもと……。

大鍋の手前には見覚えのない六十代のアジア人男性が立ち、「焦(こ)がさないように鍋の底からしっかり混ぜてよ……」と指示している。

と、紅が俺の姿に気づき、「おう、おはよ！」ととびきりの笑顔を見せた。切れ長の大きな目が糸のように細くなり、薄い唇の間から真珠のような前歯が覗く。

「お、おはよ……というか、どうしたんだ？　この鍋は何だ？　探偵屋の真ん中で朝から肉を煮てるのはなぜだ？」

「あれ、そのダウン、オーバーサイズでかわいいな」

「え？」

と自分の体を見下ろし、「いや、紅。これはおまえのダウンだ。借りたんだよ」「えーっ。なんだよ、気づかなかった。橡が着るとなんでもおしゃれに見えるな」「そ、そうか？」と目を逸(そ)らす。

紅はテコンドーの元オリンピック選手で、身長は百八十センチメートルあり、全身に硬い筋肉がしっかりついている。俺のほうはそれより十センチメートルは小柄で、線も細い。

「って、椽。借りるってわたしにちゃんと言った？」

「あ。か……か……」

貸してくれ、と言おうとして、なぜかとつぜん照れた。スマホを取りだし、「貸してくれ」「寒い」とLINEでメッセージを送る。紅が尻ポケットからスマホを出して読み、「口で言ってよ。目の前にいるのに。朝からへんな奴」とあきれた。

俺たちはここ一年、道明寺探偵屋の二人きりの社員でありながら、お互いあまり話さず、それぞれが抱えた案件をそれぞれが片付けるという働き方を続けてきた。そんな形ですでにできた距離を、いまさら詰めるのって、さ。知らない相手と仲良くなるよりむしろ恥ずかしくないか？　どうだ？　この俺は、照れるほうだ。なので、とりあえず早足で外に出ようとした。

「……って、いやちょっと待て？　紅、だからこの鍋はいったい何だよ？」

と、足を止め、大鍋を見る。

――道明寺探偵屋のある一階は、潰れた韓国風チキン屋を居抜きで借り、内装もほぼそのままで使っている。テーブル席が作業スペース。奥のソファ席は依頼人との打ち合わせ用。壁には〝青春チキン〟と大きく書かれたままで、カウンターの中にはプロ仕様の調理台も残っている。で、その調理台でいま、知らない男性が大鍋でぐつぐつと肉を煮ていて……。

俺の視線に、男性が軽く会釈する。

紅が「あ、そっか」と気づき、説明しだす。「椽、おととい大通りの向こうのイケメン通りで火事があったのを知ってる？　二階の台湾料理屋が火元で。それがさ、この孟さんの店で……」「えーっ！　そうだったんだ……で、ですか」「うん。で、火事は無事収まったけど、店内がぐちゃぐちゃで、しばらく営業できなくなっちゃって。開店してから三十年近く、材料と調味料を足しながら使い続けてるルーロー飯の肉の鍋を幸い無事に持ちだせてさ」「あぁ。それはよかった。ですね……」「ほんとだよな。で、店が閉まってる間も毎日火を入れないと鍋ごと腐っちゃうからって。それで……」「あ！」「昨夜、孟さんから、うちのキッチンをレンタルさせてくれって頼まれたの。レンタル料は一日一万円。まぁ、うちとしても貴重な収入になるし、人助けでもあるし、いいよって」「なるほどなぁ」と俺は納得した。

そういや昨夜、階下からやけにガタガタ物音がしてたような気もするな。気になりつつも眠くて寝ちまったけど……。

「けど、紅。それ俺に報告したか？」

「あれ。あ！　して……ない」

　と答え、紅が遅れて、なぜかちょっと顔を赤くした。「細かいことを報告しないくせがついちゃってて。ここ一年さぁ……」「それは、俺も、まぁ、わかる」「気をつけるよ。事務所のことは全部橡と話してから決める」「お、おぉ……まぁ、それはお互い様だな」と答えつつ、俺もなぜか頰がやけに熱くなった。

「じゃ、じゃあな！　ルノアール行ってくる」

　と外に出ようとすると、孟さんが「朝飯かい？　ならこれを食べなさいよ、おぼっちゃん。キッチンレンタルの間はうまい飯を好きなだけ食べさせるって、この娘さんと約束したんだ」と大きな声を出した。紅も「そうしなよ。あたしもいただいた。ちなみにめっちゃくちゃうまい」と微笑む。

　少しだけ迷ったが、お言葉に甘え、どんぶりにルーロー飯をよそってもらった。肉の煮込みが脂で輝き、うまそうなアヒルの煮卵と茹でた葉っぱものっている。食欲をそそる甘辛い脂の匂いが鼻腔をくすぐる。

　孟さんが「これ買い物リストね。後で頼むよ」と紅にメモを渡す。「おっけー。ひまだし、いま買ってくる」と紅がうなずき、絵になるかっこいい大股でのしのしと出て行った。

……って、あれ？

事務所から紅が姿を消した途端、居心地が微妙に悪くなった。だって、知らない年配男性と二人きりだし。俺は人見知りするし、何気ない雑談って奴も壊滅的にへたなんだよな。あぁ、地味に困ったな。

ルーロー飯をもぐもぐしながら、孟さんの横顔を盗み見て、「あのー。火事、大変でした、ね」と低い声で話しかけると、孟さんは大鍋をかき混ぜながら「うむー」とうなずいた。「ま、保険がおりそうだから、なんとかなぁ。内装をやり直してまた営業するよ。ただ、料理人の林ちゃんが火傷で入院しちゃってね。火元の厨房にいたからね。かわいそうなことをしたよ」「えっ。そうなんですか……」とうなずいていると、誰かが内階段を降りてくる足音が聞こえてきた。

二十代半ばぐらいの華奢な女性が顔を出した。……おやっ、上のゲストハウスの宿泊客かな？　宿泊客は内階段じゃなく、建物の外にある外階段を使うルールなんだが、ときどきまちがえてこっちから降りてきちまう人もいる。

不思議そうな表情を浮かべ、鼻をくんくんさせ、

「台湾料理の匂い？　一階はチキンの店だと思ってたのに」

「両方ちがう。正解は探偵屋のオフィス」

「えっ。って、ルーロー飯を食べながらそう言われても……。どう見てもあなた、台湾

料理屋の客でしょう」

「あー、いや、これは……」

と、自分の食べているどんぶりを見下ろし、ついで、つい苦笑する。

立ちあがり、ドアから外の小道に出る。女性も後ろからついてくる。ドアの上にある看板を指差してみせる。〝青春チキン〟という文字の上から、マジックで黒々と〝道明寺探偵屋〟と書かれている。「ほら?」と真剣に振り返ると、女性は「あら、看板が変わってる。昨日の朝、きたときはこんなの書いてなかったのに」と驚いた。

「じつは昨日書き直したばかりでね。なにしろチキン屋と間違えて入ってきちまう人が多くて」

「へぇ。あの、これはなんて読むんですか? 私、日本語がまだ半分ぐらいしか読めなくて」

「あぁ……」

と、ちらっと相手を見る。別の言語のイントネーションが混ざってるように感じられるし、日本語を勉強中の留学生さんかもしれない。「探偵屋。Detective Agency。依頼を受けて調べたり、消えた人や物を探したり。他にもいろんな頼まれ事をする仕事だよ」「頼まれ事?」「そう」「なんでも頼んでいいの?」「いや、なんでもってわけじゃない。あっ……そう言いたいところだけど、じつはけっこうなんでも頼まれてるな。人間、稼がないと暮らしていけないし」「観光案内は？」「観光案内？……いいけど、か、観光案内……？　俺が……？」と戸惑っていると、女性は「お願いします。この近くの一箇所だけ。あ、荷物を持ってくるからちょっと待っててください」と早口で言い、ばたばたと事務所に戻ると、内階段を上がりだした。

「おぅ？　わ、わかった。……あ、おいっ。宿泊客は外の階段を使うんだぞー。じゃ、外に出たところで待ち合わせってことで……」

と、華奢な背中に声をかける。

カウンターのスツールにまた腰掛け、食べかけのどんぶりを手に持った。急いで残りを食べていると、紅が買い物から戻ってきた。鼻歌を歌いつつ、カウンターの上に豚肉の塊、豚足、細長い魚、ビニール袋いっぱいの牡蠣、新聞紙に包まれた白菜や山芋、生姜、紫色の玉ねぎ、卵などをどんどん並べだす。

「あ、あの！」

と、ドアが開いて、今度は三十歳前後と見える男性が顔を覗かせた。「通りの向こうの『台北美食坊』に行ったら、こちらの住所の張り紙があったんで。火事になったから別店舗に避難してますって。ここのことですよね？」「そうだよー」と孟さんが大鍋から顔を上げて答える。

何か用がありそうだが、ここは紅に任せていいだろうと思い、男性の脇を抜けてドアから出た。

曇り空から、冬の初めの白っぽい太陽が少し覗いていた。かすかに眩しく、眼を細める。

ほどなく外階段のほうから軽快な足音が聞こえてきた。さっきの女性が急いで降りてくる。茶色のキャップを被り、小さなリュックを背負っている。俺をみつけると「どうも」と頷き、ついでほっとしたように一瞬微笑んだ。

女性と連れ立って大通りを渡り、JR大久保駅前の人混みを通り過ぎ、横道に逸れて急に静かな空気に包まれたところで、俺はそう聞き返した。

「――月下老人（ユエシャーラオレン）？」

朴（パク）さんと名乗る女性は「はい！」とうなずき、

「台湾の民間伝承で知られる、こう、神様のようです。毎年、ええと、旧暦の七月七日に……」

「七月七日、つまり七夕だな。あ、いや、日本では七夕って言うんだ。……話の腰を折っちゃったな。ごめん」

「腰を、折る？」

「えっと。俺があなたの話の邪魔をした、ってこと」

「あぁ……」

と朴さんはうなずき、ついでスマホを俺に見せてきた。韓国語で書かれた観光ガイドらしきページが表示されている。俺には読めないが。きれいな赤い建物の写真もあるな……。

「毎年七月七日に、月下老人は、未婚の人たちの名簿を見ながら、誰と誰の相性がよいかを占うそうです。そして選んだ二人の足と足を赤い糸で結ぶ。すると二人は運命の相手として出会える……」

「え、足と足？」

「そこ、驚くところですか？」

「あ、いや。日本だと赤い糸は右手の小指に……。って、俺、またあなたの話の邪魔をしてるぞ。ごめん。つまり縁結びの神様ってことか。えぇと、縁結びってのは……つまり、恋愛や結婚についての神様だな」

「そうですね。だから、好きな人と結ばれたい人や、恋愛をしたい人は、月下老人が祀られているお寺に行ってお願いすることがあるらしいです。台湾には人気のお寺が幾つもあると聞きました」

「へぇ。で、日本のこの新大久保の街にも……？」

「ええ、月下老人のいらっしゃるお寺があります。あ、あの建物ですね。あそこの、赤い……」

と指さされ、目を凝（こ）らす。

狭い横丁に、いささか唐突に、鮮やかな朱色の美しい建物が現れた。四階建ての異国のお寺だ。瓦は橙（だいだい）色に塗られ、柱には金の文様や龍の飾りが輝き、朝の日差しを浴びてきらめいていた。

「おぉ、こんなところに寺があったか！　近くに住んでるのに、この横道を曲がったことがなくて知らなかったよ」

と言いながら、朴さんと並んで寺に入る。

入り口にお線香の七本セットがあった。

張り紙を読み、

「朴さん。このコンロで線香に火を付けてください、と書いてあるぞ……七本まとめて右手に縦にして持って、左手で一本ずつ、七箇所の香炉（こうろ）に挿（さ）して参拝……つまり、えーと、お祈りしてください、だって」

「ありがとうございます。うーん、やっぱりきてもらってよかったです」

「そ、そっか。……はい、お線香」

と線香を渡す。

しかし、慣れない場所すぎて、俺にもシステムがぜんぜんわからない。所在無く見回すと、奥にカウンターがあり、職員らしき女性が座っていた。

カウンター前にも張り紙があるので、読んでみる。

なんでも、ここにはさまざまな神様が大切に祀られているが、もし月下老人にお願いしたいなら参拝方法があるという。朴さんのほうを振り返り、「なぁ、つまり朴さんは月下老人様に会いにここにきたんだよな……？」と聞くと、「はい」と目を輝かせてうなずく。

職員の女性に質問する。金色の紙の束や赤い糸など、参拝に必要な物を受け取る。教えてもらった通り、一階の香炉に線香を挿した。

二階に上がると、豪奢な美しい服をまとう神様がお三方、神棚に祀られていた。手前の供物台にはカラフルなお菓子や果物があふれていた。

朴さんが、教えられた通り、月下老人に丁寧に拝する。

斜め後ろに立ってじっと待っていると、ふと朴さんが不思議なことを呟くのが聞こえた。

「——向こうで会えますように。月下老人様どうかどうかお願いします」

えっ、向こう……？　会えるって？

少し気になり、胸がざわざわし、俺は朴さんの横顔を一瞬ちらっと見た。

二人で大通りを渡り、元きた道を戻る。朴さんにガイド料は幾らかと聞かれたが、さすがにこれだけのことで通常料金を請求してよいものかわからなかった。代わりに、大通り沿いのドン・キホーテに寄り、電球の替えなどの生活必需品をいくつか買ってもらった。

百人町第百ビルに着いた。朴さんが外階段からゲストハウスのある上階へと戻っていく。その後ろ姿に「あ、おい！　向こうで会えますように、ってのは、あの……」と聞きかけたが、「ん?」と振り返った顔を見て、「あ、いや……なんでもない」と言葉を呑みこんだ。

俺には関係ないし。胸がざわざわしたのもきっと気のせいだろう。

首をひねりつつ、一階のドアを開ける。って、わっ！　事務所の中はなぜかすごい喧騒に包まれていた。

孟さんがまな板の上に細長い魚を乗せてつぎつぎ捌き、横で紅も真剣な顔をし、竹の皮でご飯をぎゅっぎゅっと包んでいる。大鍋はいつのまにか三つに増え、ルーロー飯用の肉の煮込みのほかに、担々麵のひき肉のタレらしきものと、魚の白身とたぶん白菜入りの白っぽいスープがぐつぐつ音を立てている。もう一つのコンロでは大きな蒸し器が湯気を立てており、紅が竹の皮でご飯を包んだものをどんどん入れている。

煮込みやスープの鍋を順番にせわしなくかき混ぜているのは、さっき俺と入れ違いに入ってきた三十歳ぐらいの男性だった。いや、この人、何か用があって訪ねてきたようだったよな。もしかして、有無を言わさず手伝わされてるのか？

奥のソファ席のほうを見ると、こちらにはなぜか斜め向かいのマンションに住む男子高校生のデェンもいた。左腕を骨折してギプスをつけているから、右手しか使えないのに、ポリ袋に何かを入れようと片手で四苦八苦している。「デェンさん？　ここでなにをしてるんだ？」と思わず近づいて、手伝う。どうやら出前用の紙箱をポリ袋に入れようとしていたらしい。

「あっ、こんにちは。黒川さんがいるかなと思って覗いたら、猫、あー、猫……」

「猫？」

カウンターの中から紅が「猫の手も借りたい、だよー」と言う。あぁ、なるほど……デェンもこの騒動に巻きこまれたってわけか。と、デェンが「とにかく出前に行ってきます」とポリ袋を持って颯爽と出て行こうとするので、俺は「え、なに、出前？　なんだ？　まさかここで『台北美食坊』が臨時営業中ってことか？」と頭を抱えた。

紅が大きなボウルに卵をつぎつぎ割り入れながら、顔を上げ、

「いやさ、火事のことを知らない常連の人たちから出前のメールが届いてて。電子決済もされてるし、断るよりは、持って行こうって。みんなお腹すいてるだろうし。しかしさぁ、ランチタイムってこんなに忙しいもんなんだな。あたしもう目が回っちゃってる

よ」

「そっか。……いや、待て。紅。ここで営業しても大丈夫か？　許可は？　保健所がきたらどうなる？　んーと、何がどうなって……」

と考えてる間にも、紅が料理を詰めた紙箱がソファ席のテーブルにどんどん並べられていく。

デェンが戻ってきて、またポリ袋を持ち、出て行こうとする。

片手で無理にたくさん抱えているので、もう見ていられなくて、

「待て！　俺も行く！　半分……いや、ほぼ俺が持つっ！」

と、デェンを追いかけ、俺はまた外に出た。

ランチタイムが終わると、諸々（もろもろ）を考えるのは後にして、とりあえずみんなで遅めの昼飯を食べることにした。孟さんと、谷田（たにだ）と名乗る訪ねてきた男性と、デェンと、紅と俺の五人でソファ席に座り、山盛りのビーフン、牡蠣の入ったオムレツ、海鮮入りのおかゆ、辛いタレのかかった鶏肉などに箸（はし）を伸ばす。

俺はこういうとき、よく思うんだが、こんなふうになんでもない時間でも、紅がいるとみんな楽しそうになるし、いつのまにかパーティーみたいに盛りあがってたりするんだよな。常に誰かが笑ってるし、会話も弾む。……これってギフトだよな。そんなこと

本人に言ったことないけど。恥ずかしくて。

みんなが食べ終わり、俺が食器を片付け、洗い物をする。紅がカウンター席に座って所在無く頬杖をつき、俺の手元をなんとなくぼーっと眺め始める。

ソファ席で谷田さんが孟さんに「僕は人を探しにきたんです。大阪から深夜バスに乗って。東京に今朝着きまして」と話す声が聞こえてくる。

紅がソファ席のほうを振りむき、それから俺に向かって小声で「さっき聞いたんだけどさ。友達を心配して探しにきたんだって」とささやいた。

「えっ、心配……？　友達に何が」

「その友達には恋人がいてさ。その人が台北美食坊の店員さんなんだって。大阪と東京で遠距離恋愛中。友達は、火事のニュースを見て、昨日の朝、急いで東京に駆けつけたんだって……」

俺は洗い物しながら「ふーん」と首をかしげた。

ソファ席のほうからまた谷田さんの声が聞こえる。

「……でも、その友達と急に連絡が取れなくなってしまって。心配なんです！　恋人が亡くなったのがショックだったんだと思います」

「おや？　誰が亡くなったって？」

「えっ、誰って……友達の恋人です。あの、おたくの店員さんの。名前は確か……リンさんって」

「えーっ？　林ちゃんなら生きてるよ？　火傷で入院してるだけだよ」

「……へっ？」

「あぁっ、そうか！　火事から二時間後ぐらいに、一人死亡っていうまちがったニュースが一回流れたんだよ。その子、それを見ちゃったんじゃないかねぇ。かわいそうにな ぁ……。林ちゃんの携帯電話も壊れちゃったし、入院中で連絡が取れないんだろうなぁ。……おい、早くその子に教えてあげてくれよ。いいニュースなんだから、ほら早く！」

「あっ。は、はいっ！」

と谷田さんがあわててスマホを取りだし、電話をかけ、「やっぱり出ない……」とつぶやく。メッセージも送信するが「うーん、既読にならない」とため息をつく。

紅が立ちあがり、谷田さんの隣にそっと座る。

谷田さんは困ったように、「友達、昨日の早朝、東京に着いて、それからぜんぜん連絡が取れなくて。インスタもその朝の投稿が最後なんですよ」と話した。「つまり、恋人が亡くなったと思ったまま行方不明になったってこと？　確かに心配だね……」「え え！」「あ、この自撮りの女の子が？」「はい……」と谷田さんは焦ったように首を振り、「それで、ぼく、インスタの最後の投稿に写っていた店のことを、朝からずっと探してたんです。新大久保にあるらしいんです。文章からすると、店の上階の宿泊施設に泊まってるらしくって。でも、ぜんぜん一階の店がみつからなくて！　それで、とりあえず火事の起きた台北美食坊にも行ってみて。で、いまここにいるというわけで……。ほら、この店なんですけど、誰か知りませんか？　『青春チキン』」

「えっ、青春チキン？」

「青春チキンだって？」

と、俺と紅が同時に叫んだ。谷田さんが驚く。「なっ、なんですか？」「それ、ここだよ！」「は？」「だからここだってば。写真見せて。あっ、ほら！」と紅が俺のほうを振りむく。俺も洗い物を途中でやめ、濡れた手をタオルで拭き、小走りでソファ席に向かった。

インスタの写真に写っているのは……？

確かに、この建物の外の看板だった。

昨日の朝までは〝青春チキン〟の文字がよく見えていたが、紅と俺がマジックで上から〝道明寺探偵屋〟と書いたために、いまではチキン屋の名前のほうはほとんど見えない……。

みんなでぞろぞろ外に出る。紅が指さすと、谷田さんが目を凝らし、「あっ……ほんとだ。かすかに……チキンって見えますね。すっごく、かすかに……」「昨日、上から別の名前を書き直したばかりなんだ。それで……」「なるほど」とうなずき、それから

はっとして、

「ということは、ここ？　この上に朴さんが泊まってるってこと？」

その声に、今度は俺がびくっとした。

「えっ？　その友達の名前って、朴さん？」

「あ、はい。……え、なんですか、急に大声を出して？」

「その子、か、かか、顔、顔っ、顔」

俺はとつぜんあわてだしてしまった。紅は慣れたもので、「橡、落ち着いて。大丈夫、深呼吸して。……よし、大丈夫、大丈夫だよ……」と背中を撫(な)でてなだめた。言われるがまま、何度か深呼吸する。「顔、顔……。顔。わかるかっ？」「は、はい」と谷田さんがインスタに投稿された写真の中から選んで俺に見せた。

長い黒髪、丸っこい目。茶色のキャップ……。

まちがいない。ついさっき、月下老人に参拝していた、あの……。

はっと、妙に気になった声と、自分の胸のざわめきを思いだす。

(向こうで……会えますように……月下老人様どうかどうか……)

「まずい！　まま、ま、まずいぞ、紅！」

と、紅に言う。それから、あわててまた言葉が出なくなり、上、上……朴さんはさっき上のゲストハウスに戻っていったから、上に、探しに……と思うのに、言葉が口からうまく出ず、相棒よ、心を読んでくれ、ごくざっくりでいいから察してくれ、と土台無理なことを願った。

「え？」

と、紅がきっぱり、「わかった」とうなずいた。

「言いたいことはわかった。行くぞ！」

「あ……。おうっ！」


紅が腕まくりをしてドアを開け、外に飛びだした。俺は仰天して追いかけ、「それははずれだっ！　ちがう、上！　上っ！」と呼び止めた。

紅が足を止め、振り返る。ビルの上階を指差す俺の姿を見て、きょとんとする。その顔を見たら、なぜか俺は急に落ち着いてきて、

「ゲストハウスの客なんだ！　朴さんって女の人が！　同じ、写真と同じ、顔っ！」

「…………あぁっ！」

「『向こうで会えますように』って、さっき、お寺、お寺でっ、お祈りしてたっ！」

「お寺？　何？　えっ」

と紅がびっくりし、ついで大慌てで戻ってきた。外階段に飛びつき、上階へと駆け上がりだす。

俺の声に谷田さんも「向こうで？　会える？　えっ！　はっ？」と怒鳴り、内階段を急いで上がり始めた。俺もあとに続く。

紅の個室のある二階……俺の個室のある三階……共有のキッチンやバストイレのある四階……。

五階に着き、二段ベッドの並ぶ部屋に飛びこむ。

と、紅が二段ベッドの一つの上によじ登り、「朴さん？　寝てるっ？　君が朴さんだよな？　おい、頼む、起きろーっ」と大声で叫んでいた。

それから、青い顔をして振りむき、

「椽、救急車、呼んで……」

「わ、わかった……っ」

と俺はスマホを握り、おかしいほど震える指で緊急ボタンを押した。

「……とにかく何事もなくてよかった。はぁ、今日は朝からほんと、いろいろあったなあ。な、椽」

「お、おぉ……」

夕方。

百人町第百ビルの前の小道。

俺と紅とデェンの三人は、輪を作り、小声で立ち話をしていた。ミルクフィッシュのスープ入りのどんぶりを一つずつ持ち、れんげですくっては啜りながら、

「これ、あったまるなぁ。あと、ものすごくおいしい」

「だよな」

と紅と言い合うと、デェンも無言でうなずいた。

——あのあと、救急車がすぐきて朴さんを救急病院に搬送した。まぁ俺たちの早合点もあり、朴さんはじつは、泣き疲れ、睡眠導入剤を規定量より少し多く飲んで寝ていたところ、だったらしい。ここ二日あまり眠れなかったから、と。

孟さんを通じて、別の病院に入院中の恋人の林さんとも連絡が取れ、朴さんは人心地つけたとのことだった。……まぁ、こっちもひとまず安心だ。日々、何事もないのが一番。平和が一番だからな。いや、みんなそうなっちまうと、俺たちみたいな探偵商売は上がったりだが、それでも……。そのほうがずっといい。

スープを啜りながら、事務所のドアのほうをちらっと見る。中からは喧騒が聞こえてくる。そろそろ晩飯時になり、また出前の注文がきているらしい。手伝いの人たちが三人きたので、俺たちはお役御免になったが、その代わり事務所の中に居場所がなくなった。それで、スープ入りのどんぶりを一つずつもたされ、こうして外にいる、というわけだ。

仮とはいえ、ここで営業していいのかなど、問題は多々あるが、それを考えるのはとりあえずこれを食べ終わってからにしよう。問題は常に存在するが、俺たちに解決できるのは、その都度、一つずつなんだ……。

ぶるっ。寒くて肩が自然に震えた。

デェンが「おいしいですね。ぼくおかわりしてきます」と事務所に入っていった。紅はゼラチン質のぷるぷるした魚の身を「あちっ」と食べながら、

「なんかさ、こう、連携……？」

「連携。そうだな、うむ。連携」

「そう、連携。連携が取れてないよね。あたしらって」

「そうだなぁ。そもそも、俺はダウンを借りるって言わなかったし。紅も事務所のキッチンを貸すことを連絡しなかった。それに、俺が朴さんをお寺までガイドするって話も、そういやしてないしな……」

「ん。あたしも、椽がいない間に谷田さんから聞いた事情を、椽に話してなかったし」

「だな」

「情報を全部共有してたらさ、もっと早く繋がりに気づけたような気がするんだよね」

「おぉ。これからは、その……」

「うん、ちゃんと……しよう。な」

と、目を逸らしあい、ビルの外壁に向かってうなずきあっていると、デェンがスープをなみなみと注いだどんぶりを手に、ドアから出てきた。「寒いな」と言いながら俺と紅の前に立ち、ふと顔を見比べて、

「あれっ。二人とも、難しい顔をしてますね」

「そうか？　あぁ、えっと、もっとお互いに報告しあおうって反省してたところだからかな。あの、ほら、ホウレンソウかな」

「ホウレンソウ？　野菜のあれ、ですか？」

「いや、ビジネス用語なんだよ。報告、連絡、相談の三つを怠るな、って。合わせてホウレンソウ。昔、上司から聞いたことがある」

「ん？」

とデェンが怪訝そうな声を出した。俺と紅が思わずその顔をみつめる。デェンはスープを一口うまそうに飲み、それから、

「報告と連絡と相談って、似てませんか？　別のタスク三つというより、ある程度、意味の重複があるようです」

「いや、それはだな……。あれ？　そういやそうかもな」

「ほんとだなぁ」

と紅がうなずき、少し笑った。「まぁ、ともかく。報告とか連絡とか相談のような何

かをしあうようにしようってことだね。新生・道明寺探偵屋っていうかさ」「ま、そうだな」とまた目をそらしあいながらうなずく。デェンはそんな俺たちの様子をしばし怪訝そうに見比べていたが、ふと空を見上げ、

「……あ！」

「どうした、デェンさん？」

「ほら、月！　きれいですね」

言われて俺たちも、暮れてきた薄グレーの空を見上げた。蒼白(あおじろ)い月が幻のようにぽんやり浮かんでいる。

「そうだなぁ」

と俺が言い、

「うん」

と紅もうなずいた。

それから視線を一瞬だけ合わせ、俺たちはほんのちょっとだけ、にっ……と笑った。

停止する春

島本理生

黙とうが始まらなかった。

そのことに気付いたのは会社を出て、路上でスマートフォンを開いたときだった。

午後二時頃からタイムラインに飛び石のように、ぽつん、ぽつん、と浮かび上がった『黙とうを捧げます』というつぶやきを見つけて、私は東日本大震災から十一年目の今日、会社が黙とうをやめたことを知った。

翌日から生理痛がひどかったので、晴れた土日の大半をベッドの中で過ごした。やけに喉が渇いて、買い置きしていた紙パックのリンゴジュースのストローを口にくわえて、寝間着のまま吸った。時折、外から蹴られたようにガラス窓がどんと強い音を立てた。花粉をたっぷりと巻き込んだ春の風が一日中、吹き荒れていた。

月曜日の朝もまだ下半身に上手く力が入らなかったので、勤続十五年目で初めて会社に生理休暇を申請した。それで乱暴なくらいに眠ったら、すっきりするだろうと考えた。

昼前に二度寝から目覚めた私は台所に立った。鶏肉のおかゆを作ったものの、なにか物足りないと冷蔵庫を物色した。

野菜室にはトマト一個と、モヤシ一袋と、安くて買った大根一本が二つに切った状態でごろりと入っている。

思いついて、ネットのレシピを検索した。大根をお茶碗一杯分ほどすりおろした。最後に人差し指の腹を軽くこすってしまい、ひり、とした。

大根おろしに干しエビと鶏ガラダシと片栗粉をくわえる。片栗粉の分量がびっくりするほど多かったので、見間違いではないかと確認した。結局、自己判断で片栗粉は減らしてフライパンで焼いた。

食卓に移動して、焼き上がった大根餅を食べる。少し水っぽくまとまりが悪かったが、干しエビの香ばしさとからし醤油がよく合った。

私は麦茶を飲むと、床に座り込んだままソファーの座面にもたれた。気の抜けた息が漏れる。ずる休みを満喫したし明日からまた頑張れる、と思った。

翌朝はいつもよりも二十分遅く起きた。ぼんやりスマートフォンを見て、急がないと間に合わないかもしれない、と思った。それなのに急ぐ気持ちになれなかった。惰性でだらだらしていたら、出社時刻を過ぎていて、また会社を休んだ。

翌朝もまた寝坊した。さすがに気まずくて、今度は会社に連絡さえしなかった。

スマートフォンを機内モードに設定してしまうと、室内はなにも起きていないみたいに静かだった。

昼になると、私はまた大根餅を焼いた。

今度は片栗粉の量をレシピ通りにしてみたら、糊のように粘り気が強くなりすぎた。大根餅をくちゃくちゃと嚙み、サッポロ一番みそラーメンを啜る。具のモヤシがしゃりしゃり鳴る音を、自分の心臓の動きのように感じた。

いつの間にか奥歯を嚙みしめていたらしく、皿を洗う間中、顎に痺れるような感覚があった。

午後二時を過ぎてチャットから連絡すると、同じ部署の人たちはひどく心配していた。私が理由もなくサボったとは夢にも思っていないようだった。

急に貧血で意識が遠くなって、などという曖昧な説明をしたら、症状が続くようだったら病院に行ったほうがいいと皆から気遣われた。それから本日付で会社の方針が変わって自由に在宅勤務ができるようになったことを教えてもらった。なんて都合のいいタイミングだろう、と思い、翌日から在宅を申請した。

在宅作業中、お客さん先に返さなければならないメールが溜まると、八割は返した。が、二割は後回しにした。一件だけ、その日のうちに苛立った催促メールが来た。大袈裟に謝って即座に返信したら、気が済んだのか許してくれて、元通りのビジネスメール文に戻った。それでまたどうでもよくなって、他の取引先に返信しなかった。

週明けにチームリーダーの長岡(ながおか)君から、ちょっとミーティングしようか、とチャットで声をかけられた。

電話がかかってきて、長岡君は少し重さを含んだ口調で、最近どうした、なにかあったの、と訊いた。

私は
「体調がずっと悪くて」

とだけ答えた。

長岡君は、とりあえず大きい案件は俺と本田(ほんだ)が代わる、と早口に告げた。私は、ありがとう、と言った。なんなら私が抱えている案件は全部代わってくれてもいい、などと心の中では考えていた。新卒で入社したときから一度も仕事で手を抜いたことはなかったのに。

電話が終わると、私は床で膝(ひざ)を抱えた。十五年も真面目に勤めたんだから少しくらい働かなくてもまわりに優しくしてほしい。そんな子供じみた理屈をこねかけて、鏡に映った自分を見た。

若いときに抜いたせいで眉の薄くなった、カラーもパーマもしていないわりにパサついた髪の四十歳手前の女がそこにいた。今さっきまで少女のような気分で内向していただけに、ぎょっとした。

　こんなことをしていたら、気付けば百歳だったなんて、恐ろしいことがあってもおかしくない。ふと、そんな想像をした。そして気付いたら死んでいる——そう考えた瞬間、舌を強く嚙んでいた。

　口内炎を潰してしまったような痺れが広がり、右手で口を押さえると、前髪を伝った雨粒が両目に流れ込みそうになった。

　荒れ狂う風の中、私は我に返った。そこは小学校の屋上だった。あたり一帯はなにもなく、荒涼としていて、真新しい防波堤だけが広がっていた。強風に流された雨が髪や顔を濡らし、激しい音をたてて足元で水が跳ね返っていた。

　すぐそばに緊張した面持ちのさくまがいた。

　少し離れたところでは、震災で亡くなった人の遺族が海に向かって手を合わせていた。出張で東京から来たついでに立ち寄った私たちが安易に言葉を発してはいけない気がした。

　被災した小学校の屋上から暗い土地を見下ろす私を、さくまは背後から抱きしめた。

　その晩は仙台駅近くの居酒屋で散々日本酒を飲んで、ホテルに戻ってからなぜか激しく言い合うような喧嘩をした。疲れ切った明け方にしたセックスはやけに二人とも昂っていた。

ホテルのベッドに白い光が差し始めると、さくまの顎に昨晩はなかった無精ひげが生えていた。私たちが初めて翌朝まで一緒にいた証拠として焼き付いた。今の現実ではない。終わった過去だ。東日本大震災から十年と二日経った、去年の三月十三日だった。

気力が戻らず、仕事を先延ばしにしているうちに週末になっていた。

朝起きると、スマートフォンが資格試験の文字を光らせていた。そうか、今日が資格試験の日だったか、とベッドの中で思わず目を見開く。昇給には必須の資格だが、頭の中は気持ちがいいほど空っぽだった。億劫（おっくう）さをすこんと蹴り飛ばしたみたいに、いっそせいせいとした。

そうだ、私は元々資格試験など受けたくなかったのかもしれない。たしかに給与は上がるが、役職がつけば責任も増える。今から社内政治にコミットする体力なんてない。白髪が交（ま）じるようになった前髪をかき上げて、本当に困ったらいっそ仕事をやめて実家に帰ってしまおうか、と開き直った瞬間、私は立ち上がっていた。

台所で大根をする手に力を込める。右腕が張ってきて、左手に持ちかえる。大根餅が食べたかった。それ以外のものは口にしたくなかった。

卸し金に付いた大根おろしは瑞々しい液体を受け皿に滴（したた）らせていた。フライパンで跳ねるごま油の、野性的で荒々しい香り。

お皿に盛り付けた熱々の大根餅をからし醤油で食べて、冷たい麦茶を飲んだ。片付けてぼうっとテレビを見ていると、電話が鳴った。長岡君だった。

「試験会場来てる？　姿が見えないから。あと十分で始まるけど大丈夫か？」

私は放心して、それから現実に引き戻した彼に対して腹が立った。

「今日は無理だと思う」

「無理って、なんで？」

彼は驚いたように訊き返した。私は、具合が悪い、と伝えた。身長百八十センチの酒豪で病欠知らずの長岡君は
「どうしても？　急いでも間に合わないのかな。まだ家？」

心配している口ぶりではあったが、たたみかけた。私はふと思いついて、口にした。

「震災の日の黙とう、今年は会社でアナウンスが流れなかったことに気付いた？」

彼は一瞬戸惑ったように言い淀むと、いや、ときっぱり言った。

「ごめん。俺は気付かなかった。その質問に今どういう意味があるのかは分からないけど」

私は電話を切った。

かけ直してくるかと思ったが、彼も試験準備に入ったのか、それきり静かになった。

テーブルの隅を拳で殴ると、きっかけを待っていたように涙が溢れ出して、頰を伝った。私は、わあ、と声をあげて泣いた。それでも足りなくて、洟を啜りながら台所の流

しの下を開けた。去年の秋に別れたさくまのために買った赤ワインが一本残っていた。引き出しを探り、ワインオープナーを出す。抜栓すると、アルコールの臭いが鼻を突いた。私はグラスに赤ワインを注いで半分飲んだ。

やっと少し前向きになって、鍋に湯を沸かし、冷蔵庫にあった六個の卵をすべて茹でた。同時並行で、小鍋に酒や醤油や八角を煮詰めて、漬けダレを作る。

赤ワインを飲みつつ、茹で卵の殻を慎重に割った。ぱりぱりぱりぱりぱり生まれなかった命が剝がれていく。

一昨年の忘年会の帰りだった。タクシー乗り場で二人きりになり、珍しく泥酔した同僚のさくまが私を好きだったと言ったとき、私にはまだ余裕があった。既婚三年目の彼を仕事で頼ることはあっても、異性として意識したことなんてなかったからだ。

「三年前に自分が結婚したときには池田にも恋人がいたし、自分も正直三十代になってとにかく結婚したほうがいいと思って選んだのが今の妻だっただけなんだ」

そう真顔で訴える彼をはいはいと笑って受け流し、乗り込んだタクシーの中で一方的に抱きしめられたときには太い腕の力が強すぎることにびっくりして不快さえ覚えた。

それなのに翌週の金曜日に私はさくまと二人きりで日本酒の店に行き、言い訳を作るように飲み放題コースで泥酔して、私の部屋でセックスをした。結局のところ、私は誰かに強く求められることに飢えていたのだった。

さくまは午前二時に帰った。入れ込んだりするわけがないと思ったけど、翌日になると、彼のやけにまっさらなうなじが頭から離れなくなった。

　さくまは火曜日と金曜日に私の部屋に来るようになり、ベッドの中で私と再婚したいと繰り返すようになり、だけどかならず午前二時には帰宅して、土日は正しい冷淡さで私のＬＩＮＥを未読スルーした。

　私が仙台の嵐の夜にそのことを問い詰めたとき、さくまは弱り切った顔で、週末は一人で仕事に集中するために自室に籠るから機内モードにしている、と取り繕った。そんなさくまを私は嘘つきだ卑怯だと責め、浮気男と結婚など考えたくもない、と吐き捨てた。だけどさくまを卑怯にしているのは自分だという矛盾が自己嫌悪になった。

　卵の殻が床にまで散らばり、ワイングラス片手に一つ一つ拾う。足に力が入らなくなってぐらぐらしていた。それでも立ち上がって赤ワインを注ぎ足した。胃の底に吐き気を覚えると、私は半ば一気に近い形で残りのワインを飲み干した。そして着ていたパジャマの上を脱いで、袖口のところをドアノブに結び付けた。そして上半身はタンクトップ一枚になった格好で輪になった部分に首を突っ込み、酔いが極まる瞬間を待った。

　やがて前後不覚になった私の体はずるりと床を滑った。

　意識を取り戻すと同時に、玄関のドアが開く音がした。

「池田さん⁉　ちょっと、大丈夫ですか」

狭い廊下に入ってきたのは、以前、一度だけ部屋飲みで来てくれたことがあった会社の後輩のさおりちゃんだった。

私は反射的に床から体を起こそうとしたが、頭痛と悪臭に襲われて仰向けになるのがやっとだった。ドアノブに結びつけられたパジャマが視界の隅でだらりと垂れている。

両手や髪の毛先に吐き戻したものが付着していた。

どこかで誰かに助けを求めるために玄関の鍵を掛けていなかったことを思い出し、自演のようで猛烈に恥ずかしくなったが、それだけ追い詰められていたことも実感した。

双子の保育園児の母でもあるさおりちゃんは私を起こして、剝き出しの肩にバスタオルを掛けてくれた。

彼女は袖捲りすると、私が吐き汚した床や衣服をあっという間に片付けて、散らかった台所も綺麗にしてくれて、温かいお茶まで淹れてくれた。その間、私はぐにゃぐにゃ謝罪の言葉を繰り返してお茶を飲むので精一杯だった。

午後いっぱいかけて私の世話を焼き終わると、彼女もお茶を飲んでテレビを見ながら、ただそこにいてくれた。

ようやく吐き気がおさまった頃には、日が暮れていた。

室内の闇がだんだん濃くなるのが怖くて、私が言葉少なになっていたら、さおりちゃ

んがこちらを見て
「うどんだったら食べられます？」

と訊いた。

私は考えて、小さく頷いた。

「本当にごめんね。もう夕方だけど、虎君と竜君は大丈夫なの？」

彼女はさっそく台所に立って葱を取り出すと、笑って答えた。

「ぜんぜん大丈夫ですよ。うちの夫、いきなり友達と起業したいとか言って、先月会社辞めたんです。だから今ちょうど暇してて。私が渡した五千円で、寿司でも注文して子供と食べるって喜んでましたよ」

私は少し気が楽になって、そっか、と笑い返した。

「私から仕事の相談で飲みにお誘いすることはあっても、池田さんがこんなふうに連絡をくれるのは初めてだから嬉しいですよ。今、春先で気候も不安定だから調子崩しやすいですし、ただでさえ池田さん、昨年にお父さんとお母さんをたて続けに亡くされたばかりだから。私に気を遣わないで、自分を大事にしてください」

私は宙を仰ぎながら、そうだ、と思った。もう帰る実家はないのだった。父も母も癌で、末期の頃には私は二人のために病院と会社を休みなく往復した。

痩せて頬骨の浮いた顔で、一人娘だからってあなたは働いているのに申し訳ない、妹を生んであげなくてごめんね、と謝る母の前では気にしないでと笑ったが、あのときは仕事も大きな案件を二つほど抱えていて記憶がなくなるほど忙しかった。

父と母はたった三十日差で逝った。病床でも互いのことばかり心配するほど仲の良い夫婦だった。

それぞれを従兄弟や叔父や叔母たちと見送った後、既婚のさくまに執着する自分が虚しく馬鹿馬鹿しくなった。

私が別れを告げたとき、さくまは、今度こそ離婚する、とは言わなかった。

「分かった。俺を愛していないなら仕方ないよ」

と悲しそうな目をした。その傲慢で的外れな台詞に、残りの気力も奪われた。

でも、あれは昨年の十月のことで、今の不調に影響しているわけもなく、だからこそやっと誰かに語りたくなって
「まったく関係ない話なんだけど」

と前置きしてから、さくまのことを打ち明けた。

さおりちゃんはびっくりしたように口を開いた。

「そんなことあったんですか！　でも、たしかにあの人、浮ついたところはないわりに池田さんには前からやけに好意的でしたよね。だけど、信じらんない。普通そこまで言うなら、池田さんが一番つらいときにそばにいようとか考えないんですかね」

「そうだよね。ああ、でも病院の送り迎えは二、三回、車でしてくれたよ」

さおりちゃんは呆れたように返した。

「そんなの今はウーバーだって簡単にタクシー呼んでくれるじゃないですか。しかも初回は割引がききますよ」

私は軽く噎せて、今日初めて心からちょっと笑った。

そんな会話をしているうちに、目の前に湯気の立つ一人用の土鍋が置かれた。葱を散らした煮込みうどんの真ん中には、香辛料のきいた味玉が乗っていた。箸の先で割ると、黄身が熱い汁に流れ込んだ。

「この味玉、美味しい。さおりちゃんが持ってきてくれたの？」

そう尋ねると、彼女はなにか驚いたようだった。

「冷蔵庫に入ってたものですよ。綺麗にタッパーに入れられて。池田さんが作り置きしたんじゃないですか？」

私は無言で眉を寄せた。それから遅れて、うん、と短く頷いた。

その瞬間、彼女はかえって不安になったような顔で
「良かったら、今夜、私ここに泊まっていっていいですか？」

と切り出した。

「え、それこそ自宅は大丈夫なの？」

「私は家事もさぼれるし、朝までゆっくり寝られるから、むしろラッキーなんですけど。池田さんさえ良かったら」

私は、もちろん、と言って

「ありがとう」

と告げた。さおりちゃんの、私よりも大柄で骨格のしっかりとした体つきとか、二重の大きくて強い目があまりに神々しくて、涙が滲(にじ)んだ。彼女の子供になった気がした。

私はベッドで、彼女は床に布団を敷いて、横になった。

部屋の明かりを消しても、体の右側に彼女の気配を感じた。

「さおりちゃん、今年は会社で震災の黙とうがなかったの、気付いた？」

天井を仰いだまま小声で尋ねると、彼女が寝返りを打つ音がした。

「そういえば放送、流れなかったですよね」

「十年を区切りにして、やめようって、なったのかな」

私はひとりごとのように言った。

そうですねえ、とさおりちゃんもひとりごとのように答えた。

「たしかにいつまでも続けてたら、なにかあるたびに、どんどん祈りが増えちゃうかもしれないですけど」

彼女がそんな考えを口にしたので、私は、なるほどね、と頷いた。だから神様を信じる人たちはあれほど常に祈っているのかもしれない。数えきれないほどの悲しみの、隅々まで届くようにと。

　しばらく沈黙が続いた。

「池田さん、だから、なんとなく死にたくなっちゃったんですか？」

　さおりちゃんがさりげなく、意を決したように訊いた。

　私は彼女に『死にたい』とはメールしなかった。ただ具合が悪くて死にそうだと送っただけだ。

　それでもドアノブに結んだパジャマの意味を、彼女はたぶん適切な重さで理解してくれたのだ。

「分からない。でも、たくさんの揺れがあって、最後に津波みたいなのが来たら、そこにいただけでぐわっと持っていかれちゃうことは、きっと心の世界にもあるんだって思ったよ」

　さおりちゃんは、そうですね、と相槌を打った。

「それもあるし……恋愛って、けっこう死ぬんですよ。私、昔わりと仲良かった女友達が彼氏にふられて、なんか全然電話にも出なくなって心配してたら、一週間後に飛び降り自殺しちゃって。そのときに、死にそうな人って、フリとかじゃなくて本当にぎりぎりなんだって学んだんです」

私ははっとして、だから彼女はあんなに察しが良かったのだ、と思った。それから、こんなことになってもまだ自分を誤魔化していたことに気付かされた。

母よりも先に父の癌がみつかったのは、三年前に付き合っていた恋人との結婚を想像し始めていた時期だった。

一人娘の私が親の面倒を見ないと。私が当時の恋人にそう言ったら、彼は、えらいね、と言った。それから半年後に母も癌が見つかり、いよいよ彼そっちのけで病院に通うようになった。でも本当は、私の頑張りに胸打たれた彼がずっと一緒にいようと決断してくれることを夢想していた。

だけど実際は、彼はその頃には他の相手を見つけていた。私は一気に孤独になるのが怖くて逃避のように親の看病にのめり込んだ。

葬儀場で、父方の叔母から言われた。

「兄はあなたが独身だってことを最後まで心配してたの。だからね、今はそういう時代だって私が言ったのよ。それで好きなことをして生きていけるんだから、いいんだって」

あそこまで病気の両親に尽くした自分が、好きなことをして生きているとしか思われていないことに、愕然とした。

そして一段落ついたときには、まわりの女友達は育児や復職に手一杯で、疎遠になっていた。取り残された気持ちにはなったが、子供とはそこまで時間の使い方と人生を変えてしまうのだと客観的に学び、あきらめもした。

　それでも今夜さおりちゃんは私が危ないことを察してすぐに、泊まる、と言ってくれたのだ。

　うちは子供もいないから夫婦そろってお互いに自由にしている、と言っていたさくまは、私がどんなに泣いても引き留めても午前二時には靴を履いた。

　翌朝、私が目覚めると、さおりちゃんは熟睡していた。

　音をたてないようにして布団から出てトイレを済ませると、私は昨晩の会話を思い出して冷蔵庫を開けた。

　そこにはたしかに綺麗に剝かれた茹で卵がタッパーに入っていて、濃い茶色に染まっていた。

　生きたいと思うことと、死にたいと思うことに、じつははっきりとした線引きなんてないのかもしれない、と思った。


　私が月曜日の朝に休みを申請したら、長岡君からすぐに電話があった。

「俺も今日は在宅だから。少し話せるかな？」

　私はソファーにちゃんと腰掛けた。背もたれに寄りかかると、思考が真っ白になりかけて、目をつむった。

「一カ月くらい、休職しようと思ってる」

彼は、うん、と相槌だけ打った。

「土曜日に酩酊して、首を吊ろうとした。それで、結局、さおりちゃんが駆けつけてくれた」

「え」

長岡君はさすがに動揺したように声を強張らせた。だけどそれがどういう種類の動揺なのかは、私には判別がつかなかった。

「さくま」

それくらいに私はもうこの人のなにもかもを信じられないのだと悟った。

「うん」

「あなたは、それくらい私にひどいことをした。既婚者がその気もなかった独身を口説くって、そういうことだって思う」

「うん」

「どんなときも、あなたにだけは帰る場所があった」

「うん」

「しかも不倫がバレたときに慰謝料を請求されるのは私だけ、だよね」

「うん」

「次に連絡してきたら、私は、あなたのパートナーの勤め先に百回電話するから」

そういう脅しみたいな物言いは卑怯だと思っていた。だけどなぜ私だけが善良でいなければならなかったのだろう。

「うん」

とやっぱりさくまは言った。私はとうとう吐き出すように訴えた。

「年明けからチームの編成が変わって、リーダーになったあなたと何事もなかったようにやり取りしていたのが、本当に苦痛でした。あなたの声を聞きたくありません」

さくまは時間をかけて言葉を咀嚼（そしゃく）するようにしてから、分かった、と静かな声で言った。

「休職やチームの編成のことは、良かったら、俺から田中（たなか）さんに話す」

「上司相手に、ちゃんと正しく伝えるの？」

「うん……約束するよ」

約束するよ、という返事を耳にした途端、やっと自分が解放された、と感じた。思えば彼自身が、元々はそういう卑劣さを嫌う人だったのだ。お互いにまだ若手だった頃、パワハラ気質の私の直属の上司に、さくまは立場をかえりみずに意見してくれたこともあった。

それでチャラになるわけではないけど、私はうっすら涙を浮かべて、許したい、と思った。

愛でも恋でもなく、理不尽を押し付けられていることが一番の苦痛だったと気付く。知らず知らずのうちに蝕(むしば)まれていたほどに。

「ただ、これだけは分かってほしい。俺は本当に心配だったから連絡してたんだよ」

私は今後の仕事の話だけして、電話を切った。

冷凍庫には大根餅が二つほど冷凍してあった。土曜日の午前中に酩酊しながら私が作り置きしたものだった。

大根餅を温めて、小皿のからし醬油を添え、ご飯茶碗に白いごはんをよそい、八角の香る味玉を乗せた。

朝八時の部屋は明るくて、突然、母が胃癌の手術前に大根餅を食べたがったことを思い出した。病院の近くの台湾料理屋で、私がテイクアウトして差し入れた記憶が蘇る。

母は喜んでベッドから体を起こすと、入院するときに店の前を通りかかって二度と食べられないかもしれないと思った、とついでのように言った。

母は時間をかけて醬油もからしも付けない大根餅を、まるでなにかを納得させるように箸で少しずつ切っては口に入れた。なぜ母があのとき大根餅を欲したのか、今はなんとなく分かる気がした。

死んだ獣の肉を食らうほどの気力はなく、それでもほのかに辛い水分と弾力の中で、まだ生きて欲しているものがあることを味わっていたのかもしれない。

目の前の食器が空になると、私は足を投げ出した。八角の香りが漂う室内で目をつむる。

いっそ波風など立てずに、両親を亡くして鬱だったことにして、休職は取り消してもらおうか。それで大人の顔をして仕事に戻るほうが、私のキャリアにだって傷はつかない。

そこまで揺らぎかけたときに、さおりちゃんの切羽詰まったような顔がよぎって、我に返った。

そうやって人は無理を重ねて向こう側に行ってしまうのだ。

私はたくさんのことが重なって、今とても痛んでいる。だから時間が必要なのだ。

そう言い聞かせて、すぐに正常に戻そうとする現代人の悪癖をぐっと押し戻した。

換気のために窓を開けたら、沈丁花(じんちょうげ)の匂いがした。正しいことも間違ったことも、真っすぐに誰かに誉められたり叱られたりすることが必要なのかもしれない、と思った。遠い昔に両親にしてもらったように。

食べ物を取り込んだおかげで、冷え固まっていた内臓が勝手に動き始めるのを、私は風通しばかりが良くなった部屋で感じていた。

チャーチャンテン

大島真寿美

一九九七年——。

六月の蒸し暑い香港(ホンコン)に私はいて、臨月のリーサのお腹に手をあてていた。

リーサは細身で、二十五歳だった私と同い年で、童顔で、まだ学生みたいに見えるのに、もう結婚していて、お腹だけが大きく膨(ふく)らんでやけに目立っていた。海の見えるテラスで幸せそうに、にこにこと笑っていた。私が日本で広東語(カントン)を教えてもらっているリーサの姉のイライザもいて、一緒に広東語を習っている教室の仲間も何人かいた。

薄いコットンの生地を通して伝わってくる、ぱんぱんに膨らんだ彼女のお腹の感触をおぼえている。妊婦のお腹をあんなふうに触ったのはあの時がはじめてで、てのひらから、新しい生命の息吹を感じて、私は少し圧倒されていた。母になるってこういうことなのかと思ったし、ちょっと怖いような気もしていた。

いい子で生まれるのよ、と私は小さな声でお腹に向かって話しかけた。なぜか、お腹の子に伝わるように思ったのだ。いつか会いましょうね、ともいった。日本語で。だから、リーサにはわからなかったと思う。

「あ!」

と、私とリーサは同時に声をあげた。

「動いた!」

お腹の中の子が返事をするみたいにお腹を蹴ったのだった。

1

二〇二二年、その子供が今、目の前にいる。

ケリーは、リーサに似ている。

細身で、さっぱりとした顔立ちで、学生っぽい印象で、といっても、リーサとは、あの時たったいちど会ったきりだから、思うほど似ていないのかもしれない。伯母のイライザにはあまり似ていない。イライザはもっと顔立ちがはっきりしていて、人目を惹(ひ)く華やかさがある。

イライザから姪が日本で働くことになったから、友達になってやってほしい、と連絡がきたのは、先月のことだった。SNSでいちおう繋(つな)がってはいるものの、メッセージのやり取りなど、ここ数年ほとんどしたことはなかったし、内容も内容だったから、かなり面食らったことはたしかだ。

「わたし、広東語、話せないよ」

とりあえず訴えた。

イライザに七年近く習ったのに、ろくに身につかなかったうえに、この何年かで、あの頃おぼえた言葉も、ほぼすべて脳内から消滅していた。

「もうまんたーい。ケリーは日本語ＯＫ。どうしてあんなにうまいのかしらっていうくらい完璧ですから。あの子は、ほんとうに賢いの。私の日本語よりうまい」

イライザの日本語も、イントネーションにやや訛り(なま)を感じる程度でほぼ完璧なのに、それ以上といわれても俄(にわ)かに信じられない。

「んー、でもさ、そもそも友達っていったって、わたしはもう五十だし、そんな若い子と話があわないよ」

「いいのいいの。異国の地では一人でも知り合いが多い方が心強い。とくに日本人の友達がいるといい。わたしもそうだった。奈美子(なみこ)たちにたくさん助けてもらった」

「助けたっけ？」

「いっぱい遊んだじゃない」

「それ、助けたの？」

「そう。すごく助けた。そして私も助けた。わたしが香港に帰るたびにくっついてきていろいろ付き合ってあげたでしょう。あちこち歩き回って通訳もしてあげた」

モニター越しのイライザがくすくす笑う。イライザは私より三つ年上だが、見た目は昔とそう変わらない。太りもしないし痩せもしない。そう老けてもいない。というか、年齢以上に若々しい。肌もつやつやして、派手なTシャツを着て、今にも走り出しそう。声にも張りがある。

「その節はお世話になりました」

「わたしが日本にいればいいけど、カナダにきちゃったし、だから奈美子に頼むしかない。もう奈美子しか連絡先もわからない」

それは私も同じだった。あの頃の仲間たちとは、三十代四十代と時間が経過するうちに、すっかり疎遠になってしまい、探せばおそらく探せるだろうけど、きっかけがないまま月日が流れてしまった。というか、人生に忙しくてそれどころではなかったのだ。イライザにしたって、結婚してカナダに移住し、ゆっくりとフェードアウトしていった。

「それにね、奈美子はケリーと一度、会ってる」

「え?」

「生まれる前だけどね。お腹の中にいたケリーと話をしてる。わたし、おぼえてる。奈美子もおぼえてるでしょう」

ああ、と思った。あの時の。あの。

香港が中国へ返還される直前の。

それでもう、断れなくなってしまったのだ。いつか会いましょう、と私はたしかにお腹の中の彼女にそういった。リーサにはわからなかったかもしれないけれど、日本語が堪能なイライザにはわかったはずだ。


ケリーは少し疲れているようだ、とイライザはいった。

大学で日本語を勉強し、短期留学もし、しかし、その後、香港の銀行で働いていたケリーは、ひそかにデモに参加していたらしい。

「知ってる？　デモのこと」

「知ってる。あれでしょ、民主化デモ」

「そう。あの年代の若い子たちが、大勢デモに参加していた。ケリーも。でも、ケリーの父親はそれをまったく理解できなくて、ぜったいに許さなくて、すごく怒った。彼は、経営者だし、経済優先の人だから。それで毎日毎日、喧嘩だったんだって」

「リーサは？」

「彼女は反対でもないし賛成でもない。間に入っておろおろしてた。一国二制度の期限は、どうせあと二十五年。デモをしたって同じでしょう、という立場。でも、だんだんケリーの気持ちがわかってきて理解するようになったみたい。結局、デモはあっけなく終わった。知ってるよね？　容赦なく押しつぶされた。ケリーはそれで、香港を出ようと思ったみたい。父親ともうまくいかなくなっちゃったし。あの子は日本語ができるし、成績もいいし、就職活動はすぐにうまくいって、日本にいくことになった。でも、どこか疲れているようだってリーサがいってる。日本にいくことについて、賛成はしたし、もういってしまったのだからいまさらどうしようもないけど、とにかく心配だって。それで私に連絡がきたの。私にも息子がいるから、親の気持ちはよくわかる。まかせて、っていってしまった。日本のことなら私にもまだできることがある」

あの時お腹の中にいた子は、そんな人生を歩んでいたのか、と少し不思議な気持ちになった。

ニュース映像などで見た香港。

大規模なデモの風景も、弾圧されていく様子も、臨場感たっぷりに流れていた。幾度も見た。

あの子は、あの中にいたのだ。

抵抗している人々の一人として。

どうしてそんなことになってしまったのだろう。

あんなにも祝福されてうまれてきたのに。

世界は彼女を祝福してくれなかったのか。

あの街はあの子を祝福しなかったのか。

あの街は、あの子の街なのに。

香港は、誰のものなのか。

やはり、どこかちぐはぐな気がしてならない。あのお腹の中にいた赤ちゃんと、あのデモの風景。重なるようで重ならない。

そうなのだ。香港のことは気になるから、新聞の解説記事なんかも私はちゃんと読んでいたし、報道番組の特番なんかも録画してなるべく見るようにしていたし、だから、香港で何が起きていたのか、ある程度理解はしている。けれども、じつは、あれが私の知ってるあの街だと、頭で理解できても、気持ちがちゃんと繋がってくれないのだった。

だって、あの楽しい街。

あの記憶。

猥雑で、活発で、独特のセンスが炸裂(さくれつ)していて、西洋と東洋が混じり合った空気が満ち満ちていて、自己主張が強くて、でもフレンドリーで、そのくせ、つっけんどんで、わあわあわあわあうるさくて。至る所においしいものがあって、がつがつ食べて、映画を見て、コンサートに行って、買い物をして、観光地をめぐって、太極拳をして、私が心から楽しんだあの街がこんなふうになっているなんて思いたくない。そう思うせいで、心が受け入れないのだろうか。

あの街はずっと、私の心の支えだった。

香港へ行かなくなってからの、ここ二十年ばかり、私の人生は、ろくなことがなかった。離婚や病気、親の介護、看取り、実家の始末、二度の転職、仕事を続けながら、物理的にも精神的にも、いつもぎりぎりのところでやっていて、私はくじけそうになるたび、あの街を思い出していた。あの頃のきらきらとした記憶が私をどれほど励ましてくれたことか。若くて、好奇心旺盛で、健康で、なにより私には未来があった。

未来を感じられた時間。

無限の可能性を感じられた時間。

その残り香のようなものがふわっと鼻先をかすめると、私はなぜかまだ大丈夫、という気がしてくるのだった。現実がどうであれ、私の中になにかを信じる気持ちが蘇り、生きることの喜びを思い出せた。

「奈美子、仕事、忙しいの？」

「うーん、まあまあかな。何年か前に小さなデザイン事務所に移ってね、そしたら、やらなきゃならない仕事が飛躍的に増えて息も絶え絶えだったんだけど、それにもようやく慣れてきた。まあ、なんとかやってる。そっちはどう」

「ジュエリーの店は閉めた。あれは失敗。今は茶器とアンティークの店だけ。それから、語学学校で日本人に英語を教えてます。プライベートレッスン。駐在員の人とか、その奥さんとか。おかげさまで需要が途切れずあって、これがあるから助かってる。夫は相変わらず設計の仕事。あと五年くらいしたら辞めるんだって。でももう、わたしたち、香港には戻らないと思う。昔は、歳をとったら戻ろうか、と話していたけど、それはもうなくなった。彼の親も、それでいいといっている。うちの親はもう亡くなったし」

「うちも亡くなった。そうか。イライザはカナダで骨を埋(うず)めるのか」

「そう。カナダで。でも、なぜか日本との縁は切れない。いや、ちがうね。日本語をマスターしたから、私はカナダで食べていけてる」

　どこへいっても食べていけるだけの能力を身につけるというのが香港人のスピリッツよ、と当時イライザはいっていた。わたしはだから、日本に来たの。お金や財産は取り上げられることがあるけれど、頭の中に入れたものは決して取り上げられない。だから日本で勉強する。たくさん勉強する。これがいちばんの財産になる。生きる術(すべ)になる。

　イライザはそれをみごとに実践したわけだ。

「たくましいよね、香港人は」

　あの頃の私には彼女のたくましさが眩しかった。私もそうありたいと憧れたものだ。彼女だけではない。香港という街そのものに、私は同じものを感じていた。日本ではお目にかかれない、呆れるほどのたくましさ。あのエネルギッシュな空気を浴びて、私もずいぶん解放された気がする。

「奈美子もたくましくなったでしょう」

「そうかな」

「なったよ」

「そう？ そうでもないよ」

「いや、なってるよ。おばさんはたくましいでしょう！」

「うわ、ちょっと、やめてよー」

イライザがげらげら笑っている。おばさん、おばさん、といいながら。自分だってお
ばさんのくせに。

「奈美子、金髪にしなさい」

突然、真顔でそんなことをいう。

「え、なに、急に」

「奈美子、そんな地味な髪型をしていたらだめ。奈美子は金髪が似合う。昔、一度、金
髪にしたじゃない」

「ああ。うん、したね」

それも香港で。年末年始の休みが明けて会社にいったら、みんな、ぎょっとしていた。

「あれ、よかった。奈美子は、ああいうのがいいよ」

といわれても、五十にもなっていきなり金髪になんてできませんよ、といいかけて、ふと、あの時の愉快な気持ちを思い出した。上司に嫌味をいわれても、お局に眉を顰められても、あの時の私はぜんぜん平気だった。なによ、え？　なんか文句ある？　と心の中でつぶやいていた。

「まあ、またいつか」

そういうと、イライザが、ピースサインをした。

「よーし。金髪になった奈美子に会いに日本へいくぞー」

そんな日が来るのかなあ、と思いつつ、私は曖昧に微笑んでいた。

2

目の前のケリーはなかなか打ち解けてくれなかった。

簡単なメッセージのやり取りを何度かし、ホテルのラウンジで待ち合わせる約束をし、ようやく会うには会ったが、伯母にいわれたからとりあえず会いにきてはいるものの、ケリーはどうしたらいいのかわからないという、明らかな困惑顔を見せていた。

まあ、わからなくもない。

きっとイライザが強引に命じたのだろう。

「なにか困っていることある?」

ときいたが、

「とくにないです」

とあっさりいわれてしまった。

金融関係の会社の、アジア・マーケティング部門で働きだしたケリーは、思ったより優秀な人材らしく、就労ビザの取得やら、コロナによる入国制限の関係から必要だった様々な書類やら、他にも住まいの手配やら、必要な諸々(もろもろ)の手続きは、おおむね会社がやってくれたのだそうだ。至れり尽くせり。ついでにいうなら、日本で暮らしていくにはじゅうぶんなサラリーをもらっているという。それでも香港での前職よりやや少ないというから驚きだった。

「じゃあ、今後、なにか困ったことが出てきたらいつでも相談してね。力になります」

そういうとケリーは首を傾(かし)げた。私では役に立たないと思っているのか、あるいは困ったことなど起きないと思っているのか。

「頼れる人、いるの?」

「います」

「会社に?」

「会社だけでなく、留学していた時の友達もいます」

「日本人？」

「日本人もいるし、香港から来ている大学時代の友達もいます。友達の友達と仲良くなることもあるし、いろいろ紹介してもらったりもするし」

これはもう、私の出る幕はないな、と早々に判断した。

イライザの時代とは違っているのだ。

今はきっと、ネットやＳＮＳなんかを駆使してうまく関係を広げていき、問題があればそこで解決策を見出していく時代なのだろう。

もうこの子に会うことはないだろう。

そう思った。

なによりこの子がそれを望んでいない。

あの時のあの子。

浅からぬ縁があるのかと思ったけれど、そうでもなかったらしい。

でもまあ、それでいいのだろう。

なんというか、この子にはこの子なりの、イライザとはまた違うたくましさが備わっている気がする。

それに、私が昔よく知っていた香港人たちに共通するフレンドリーさもこの子は持ち合わせていないようだった。それもまた、時代の変化というやつなのかもしれない。

「奈美子さん、伯母さんに、私は問題なくやっているって伝えてください。楽しくやってるって」

きっぱりとした口調だった。

私はうなずいた。

「仕事もうまくいっているし、日本の暮らしにも慣れました。だから心配いらないって」

「え?」

「あら、もう慣れたの? 早いのね」

「だって、まだそう時間は経ってないでしょう? 三ヶ月? 四ヶ月? 慣れるには早すぎない?」

「でももう慣れました。大学のとき、短期留学してたし」

「そう? ほんとうに? ほんとに慣れた?」

我ながらしつこい、と思ったが、いくら優秀で、留学経験があるからといって、日本特有のルールや仕様になじむのは容易ではない気がした。戸惑うことも多いのではないか。

ケリーがなんだかへんな顔になった。不満だろうか。困惑だろうか。

「ねえ、ケリー、正直にいっていいのよ。私、スパイじゃないんだからさ」

ケリーがごくりと唾を飲み込む。

「あのね、私はあなたが日本でどうしているかを、いちいちイライザに伝えるつもりはないの。イライザにそんなこと頼まれてないし、もっと単純に考えてくれたらいいの。なんでもいってくれていいのよ。イライザはただ、私とあなたを友達にしたかっただけだと思うのよ。といったって、こんなおばさんじゃ、友達になれるとも思えないけど。まあ、でもきっと、そんなふうに、私をあなたに紹介したかったんでしょう。イライザはたぶん、自分が日本に留学していた時のことをイメージしてるんだと思う。ようするに、かわいいのよ、あなたのことが」

ケリーが、はい、と小声でいった。それからすぐに、違うんです、ともいった。そうして、しばらく考えたあと、口を開いた。

「私が伝えてほしいんです。伯母さんにいえば母にも伝わります。私が自分の口でいうより、伯母さんからきいた方が母は安心する。信じる。だから。お願いです、日本でうまくやってるって伝えて」

なぜこんなに必死になるのだろうと少し驚いた。デモのことで父親と不仲になっているとはきいているが母親とも問題を抱えているのだろうか。母親。母親って、あの大きなお腹の。

「リーサか」

若き日のリーサを思い浮かべた。

ケリーが、え？　と声をあげた。母を知ってるんですか、と広東語でつぶやいた気がする。不確かだけど。

「あなたのお母さん、リーサ、私、知ってる。昔、一度、会ったことがある。リーサはあの日のこと、おぼえてるかな？　イライザに連れられて、リーサの家へ行ったの。あなたがまだ生まれる前。私はまだ若くて、リーサもイライザも若くて、そうか、私たち、ちょうど今のあなたくらいの年頃だったのよ。みんなでいっしょに、みんなっていうのはイライザに広東語を習っていた日本人の他の友達なんだけど、みんなで飲茶をして、そのあと、リーサの家へいって、リーサの結婚式の写真、たくさん見せてもらった。イライザは、妹が先に結婚するなんて、って写真を見ながらぶつぶついってた。そのくせ、あれこれ説明してくれるの。香港の結婚式はこんなふうにたくさんの人がきて祝うんだ、とか、早く来た人は麻雀して待ってるんだ、とか、豚の丸焼きを食べるんだ、とか。それにしたってこんなに綺麗な花嫁はそういない、って自慢したり、リーサはドレスが似合う、みてみて、私たちは美人姉妹、って威張ったりもして。あ、そうだ。おうちにカラオケの器械があったよね。それでみんなで歌ったの。リーサ、歌がうまくて。歌手になりきって歌うの。ステージに立ってるみたいに手を振ったりして」

ケリーが笑った。

はじめて笑うところを見た。

「あの時、あなたはリーサのお腹にいた。もうじき生まれそうってくらい大きなお腹だったから、あなた、わたしたちのおしゃべりをきいていたんじゃないかな」

「そんな大きなお腹で、歌ってたんですか」

「歌ってたわよ。音楽は胎教にいいって。なんだろう、リーサ、すごく綺麗だった。身体の奥から光が出てるみたいに、ぴかぴかしてた。母になる喜びみたいなものがそんなふうに見せていたのかしらね」

ケリーの目が、遠くを見ている。まるでその先に香港があるみたいにじっと見ている。

「ねえ、リーサはどんなお母さんになったの？　弟や妹は？　いるの？」

「いません。私、一人です」

「あら、そうなの」

ケリーがにやっとした。

「なに？」

「奈美子さんはわかってますよね？」

「なにを？」

「わたしは香港出身なのに、きょうだいがいないっていうと、一人っ子政策だったからら？　ってきかれるんです」

「ああ。だってそれは大陸の話でしょ」

「そうです。でも、日本人には、区別がつかないみたい。中国も香港も同じと思ってる。まあ、親しい人たちは、ちゃんとわかってくれてるからいいんですけど」

ケリーが、スマホを操作して、私の方へ差し出した。

「母です」

まるで変わらないといったら嘘になるけど、それでも、リーサだとすぐにわかった。童顔でかわいらしい感じはそのままで、目尻の皺や少しふっくらとした体型や、普段着の気楽な感じがいかにも年相応の母親らしい。それに、歳をとったからか、どことなくイライザに似てきている。

ケリーが、マイクを握って歌っているリーサの写真も見せてくれた。

二人で爆笑する。

「なりきってるねー」

「なりきってます。いつも有名歌手のつもりで歌ってます。鄧麗君(ダンライグアン)、ええと、日本ではなんていうんでしたっけ、テレサ・テン。テレサ・テンに似てるっていわれてます」

「えええー。ああでも、いわれてみれば、ちょっと似てるかな。まあ、うん、似てなくもないか、な?」

「似てませんよ。でも本人は似てるって言い張ってる。歌い方も真似してる」

鄧麗君は台湾出身で日本でも人気歌手だったけれど、香港でも絶大な人気を誇っていた。おぼえているメロディーを口ずさんだら、ケリーが歌詞をつけて歌い出す。

「知ってるの」

「知ってます。母がよく歌ってました」

「この歌、なんていったっけ、月、月がどうのっていう」

「月亮代表我的心（ユエリャンダイビャオウオディシン）。日本でなんていうのかはわからない」

「私もわからない。この歌、日本ではきいたことがなかった。香港映画で私は知った」

「映画？」

「広東語を習っている友達に香港電影迷（ディンインマイ）がいてね、わたしも見るようになった。そのうちに私もすごく好きになって、私、日本でそんなに映画見てなかったのに、香港で映画を見るようになったの。へんなの。香港の映画館、寒くてね。映画が終わると急いで茶餐廳（チャーチャンテン）へ行ってあったかい飲み物飲んだりして」

「茶餐廳」

「そう。なつかしいなあ。香港に着いて、ホテルに荷物を置いたら、とりあえず茶餐廳にいくの。そうすると、香港に来たなー、って気がしたものよ。ええと、あれあれ、あの、コーヒーと紅茶が合体した……」

「鴛鴦茶（ユンヨンチャ）？」

「そうそう、香港の茶餐廳で初めて飲んだ。日本で真似して作ってみたけど、なんかちがっちゃうのよね。あと、ほら、あの、インスタントラーメンの、ええとええと……」

「公仔麵（ゴンヂャイミン）？」

「そうそう、それそれ。あれもびっくりしたなあ。インスタントラーメンをお店で食べるってなんなの。しかも堂々といろんなアレンジのメニューが並んでるんだもの。香港ってわけわかんないわー、っていいつつ、食べてた。あれも香港でしか食べたことないなあ。ま、食べないよね、日本の中華料理のお店にはぜったいないし。だってインスタントラーメンよー」

「食べられますよ、日本でも」

「え？」

「茶餐廳、ありますよ。東京に」

「うそ」

「友達に教えてもらって、何度か行きました。ほんとに香港の茶餐廳です。香港から引っ越してきたみたいな。ここから近いですよ。行きますか」

半信半疑で連れられて行った。

3

いつのまに日本にこんなものが出来ていたんだろう。

ほんとにそこは香港だった。

似たようなお店がないわけじゃないけれど、ここまでとは。

ケリーは慣れた様子で奥のテーブルに腰掛ける。

驚きだった。まさに、あのなつかしい茶餐廳だ。

テーブルの上のガラス板に挟まれたメニュウ。壁に貼られた赤い倒福の紙。厨房から聞こえる広東語。店内に流れている音楽、というかやや古い流行歌。ふわっと鼻腔をくすぐる匂い。なにからなにまで香港そのもの。

ねっ、という顔をして、ケリーがぐるっと店内に視線を巡らせる。うなずきながら私もすわる。この椅子の感じもまさに。

一瞬、ここはどこだっけ、と思ってしまう。

「タイムトリップしたみたい」

「え？　タイム？　時間ですか？」

「あ、うん。私にとっては時間。たんなる空間移動ではない」

忘れていた記憶が刺激される。

「そうなんですね。私はここにこうやってすわってしばらくぼんやりしていると、香港に戻ったみたいな気持ちになります」

「だろうね」

私でさえ、こんな気持ちになっているのだから、ケリーは尚更だろう。

「一人でくるの？」

「はじめは友達と来ました。でも、そのあとは一人です。たいてい会社の帰り」

あれ？　と思う。この子はたくさんの友達や知り合いに囲まれているのではなかったのか。それとも、だからこそ、一人になるためにここにくるのだろうか。

夕飯にはずいぶん早いけれど、乾焼（ゴンシウ）公仔麵と鴛鴦茶を注文する。ケリーは凍檸檬茶（ドンリンモンチャ）と蛋三文治（ダンサーンマンジー）。私はメニューを指差しながら日本語で、ケリーは広東語で注文しかけて、急に日本語で言い直す。いきなりスイッチしたからか、ただたどしい感じで、アイスレモンティーと卵サンドウィッチ、といっている。ふふっと笑ったら、ケリーは照れたような顔をした。ホテルのラウンジにいた時よりもリラックスして見えるのは気のせいだろうか。

メニュウを眺めていたら、

「奈美子さん、どうして香港に興味を持ったんですか」

ときかれた。

「え。どうしてって、うーん、最初は偶然。卒業旅行でいったのよね」

思い出しながらこたえる。

「みんなでなんにも考えずに選んだ場所が香港だったの。とにかく激安だったし、近いし、手軽だった。私は初めての海外旅行で、ただでさえ興奮しているのに、九龍（ガウロン）のビルの上を、すれすれで飛行機が舞い降りていくでしょう。私、それだけでもう、わくわくしちゃって。だってあの空港、啓徳（カイタック）空港って、むちゃくちゃよ。墜落したら大惨事。って、ああ、あなたは、知らないか」

「写真や映像で見たことあります」

「そう？　驚くでしょう？　安全基準も何もあったものじゃない。なにここ、ってびっくりしたんだけど、すぐに心を奪われた。次は食べ物。おいしい食べ物。わからずに食べていたけど、メニュウをちゃんとわかるようになりたいと欲が出て、広東語教室に通うようになったの。それが運の尽き。先生がイライザだったというのもあるし、教室の仲間がそれぞれ、香港への拘（こだわ）りが違ってて、たとえば映画だったり音楽だったり。明星（ミンシン）迷（マイ）もいたなあ、料理を学んでる人もいたし、風水とか、ああいうのが好きな人もいて、私もいろいろ影響されて、よりディープにはまっていった。お金も時間も香港に注（つ）ぎ込んだわね。じゃぶじゃぶ注ぎ込んで貯金ゼロ。休暇もぜんぶ香港。残業手当目当てで残業になる仕事はどんどん引き受けたし、休日出勤をすすんでやって代休もらって、それをくっつけて香港へいく。そのためにあらんかぎりの知恵を絞った」

「なぜそれほどまでに」

「なぜかしらねえ。わたし、香港へ行くと自由になれた気がしたのよ。たぶん、それまでの私、とても窮屈に生きていたんだと思う。常識に囚われて、世間体を気にして、縮こまって生きてた。ということに、香港へ行くようになって気づいたの。気づかされたの。なーんだ、もっと自由に生きていいんだ、好きにすればいいんだって教えてくれた街だった」

「それが香港?」

「それが香港。ねえ、日本に来て、窮屈だな、って思わない?」

「ある一面では」

「ある一面では?」

ケリーが小刻みに頭を振る。

「ええ、そう、たしかに、日本にいるとさまざまなところで気を遣わなくてはいけません。窮屈といえば窮屈。日本人は細かいことをとても気にしますから。礼儀やルールも守らないといけない。規則や規制もいっぱいある。そのくせ言葉は曖昧です。いいたいことがあっても、はっきりいってくれないのでわかりにくい。困ります。でも」

「でも？」

「んー。でも今の香港だって。奈美子さんがいってるみたいなところではないです。むしろ」

「むしろ。なに？」

そこで、注文した品々が運ばれてきて、ケリーは口を閉ざす。

ウェイトレスの女の子がいなくなったのできいてみる。

ケリーはふうっと息を吐き出し、なんでもないです、といって、檸檬茶の檸檬をがしがし、これでもかというほど、つぶしだした。

私も鴛鴦茶をひとくち飲み、公仔麵を食べる。なんとチープでおいしいことか。あーこれこれ、これよこれ、と箸が止まらない。ケリーもサンドウィッチをぱくついている。

勢いづいて鳳爪（フオンジャウ）を注文してしまった。茶餐廳なのに鳳爪がある、と見つけたからには、頼まずにいられない。鶏の足、というか、足先、というか、あの、指みたいなグロテスクなところ。

「まだ食べるんですか」

「これ食べたらお腹がすいた」

「は？」

「いや、だから、公仔麵、食べてたらお腹がすいてきたの。もっと食べたい。そういうことってあるでしょう」

　ぽかんとしている。その顔を見ていたら笑えてきた。あなたも食べなさい、ほら、もっと食べなさい、とメニュウブックを押し付ける。

　ケリーは何も頼まない。ただメニュウを眺めている。

　鳳爪が来たので食べる。箸では食べにくいので、つい手を使ってしまう。むしゃむしゃ食べて、骨や筋をぺっぺっと吐き出す。野蛮だ。若い女の子を前にして、私はなぜこんなものを食べているんだ、と思いながら食べていく。

「鳳爪食べてる日本人はじめて見ました」

「え、そう？」

「日本人は食べないのかと思った」

「食べるわよ。おいしいもの。好食（ホウセッ）好食好食。ほんと、おいしい。それなのに、これがまた、日本の中華料理屋さんにはなかなかなくてねえ。見た目が悪いからかしらね。あひるの舌とかさ、そういうのはほんと、日本では見かけないわねえ」

「あひるの舌……、そういえばお父さんがよく食べてました。わたしはあんまり食べなかった」

「お父さん……ねえ、ケリーのお父さんってどういう人なの。結婚式の写真、見せてもらったけど、ほとんどおぼえてない。わりと年上の人だったよね」

「お母さんより十歳くらい上です。貿易の仕事をしています。兄弟で会社をやってる。儲かってます。お父さんにとって、それがとても大事。お父さんの周りにいる人たちもみんなそう」

じっと私の顔を見ていたケリーが布製の鞄をごそごそ探り、分厚い手帳を出して開いた。そこから四角い紙を取り出し、

「これ、わかりますか」

とこちらに見せる。

「うん、わかる。ポストイットでしょ。付箋」

「そう。ここには、なにも書いてません。ね、ただの紙です。それなのに、これを持っていただけで、逮捕された友達がいます。わたしも鞄の中を調べられたことがある。こうやって手帳に挟んでいたから、見つからなかったけど、見つかっていたらわたしも逮捕されていたかもしれない」

ああ。

あれか。

レノンウォール。

壁一面に貼られた大量の、色とりどりの付箋の映像をニュースで見た。そこに書かれた、たくさんの言葉、たくさんのメッセージ。平和的な抗議の象徴のように感じたもの

だったのだけれど。

「ふつうの人がふつうにデモに参加していただけなのに、捕まるんです。こわいですよ。私たちはもう、なにもできなくなりました。お父さんはそれでいいといっています。よけいなことはするな、香港をめちゃくちゃにするな、という。でもちがう。めちゃくちゃにしたかったんじゃない。私たちはめちゃくちゃにしたくなかったから、運動していたんです。逆なんです。わかりますか」

うなずいた。

「でも、お父さんには伝わらない。どうしても伝わらない。私は家の中でも戦わなくちゃならなくなった。そのうち、お父さんと口をきくのをやめました。話をすると喧嘩になるから。決してわかりあえないと、わかってしまったから。もう私にはお父さんと話す言葉がないんです。私は逃げることにしました。憎みたくないから。好きなままでいたいから。お父さんを。香港を。だから逃げた。お父さんから。香港から。日本で働いてみたいという気持ちは、ずっと前からあったし。鳳爪、食べないんですか」

「えっ、あ、食べる」

「私も食べます」

ケリーが鳳爪を注文している。今度は広東語で。

「日本に来たら、香港での、そういうことが、いっぺんに消えてなくなって、きゅうになんにもなくなって、私はなにも考えなくなりました。考えるのは日本での仕事のことや、生活のこと。香港では民主化運動で捕まった人たちの裁判が始まっているのに、私はこんな遠くにいて、なにもできない。だからニュースも見なくなりました。忙しいし。見ると落ち込むし。私は香港から逃げた。そう思うとつらい。つらいから忘れていたい。でも、忘れていたいと思う自分も嫌なんです。だから苦しい。すごく苦しい」

テーブルの端に置かれた付箋。

淡いブルーの。

あの日の海を思い出す。

この子がまだリーサのお腹の中にいたあの日。あのテラスから見た穏やかな海。記憶の中の海は永遠に輝きつづける。

ケリーがテーブルに備え付けられている紙ナプキンをそっと付箋に被(かぶ)せた。

「こんなこと、他の人に話したの、はじめてです。日本に来てはじめて」

ケリーがまた一枚、紙ナプキンを被せる。

「友達とも話さない。話せないです。今でも同じ考えなのかわからないし、たしかめるのもこわい。新しく知り合いになった人とはもっと話しません。どういう考えの人かわからないから」

ケリーの鳳爪が運ばれてきて、また口を閉ざす。それから、ふいに笑いだした。

「それなのに、どうして私は、はじめて会った奈美子さんにこんな話をしているのでしょうか。そして、私は日本に来てはじめて鳳爪を食べる。なんで？」

「いいじゃない。食べなさいよ。私もまだ食べる。次は腸粉(チョンファン)だな。叉焼(チャーシウ)の腸粉にしよう」

「まだ食べるんですか」

「シェアしましょう。半分食べて。お願い！」

「いいですけど」

私たちは食べた。茶餐廳なのに飲茶メニュウが充実しているので、つぎに蝦餃(ハーガウ)も頼む。雲呑麵(ワンタンミン)も食べたかったけど、さすがにもうお腹がはちきれそうだったので諦めた。食べながら私が話す香港の思い出話をケリーはきいてくれた。いまいち通じないことが多いのは流れた時間のせいか、それとも、返還後の香港の変化のせいか。ケリーの反応が薄くとも、私はかまわなかった。私にしたって、こんなにたくさん香港の話をするのはほんとうに久しぶりだった。私の香港とケリーの香港がときどき重なり、スパークする。夜のスターフェリーからの景色、重慶大廈(チョンヒンダイハー)のインドカレー、旧正月の賑わい、文武廟(マンモウミュウ)の渦巻線香と、その煙たさ。朝粥にひたして食べる油條(ヤウティウ)のおいしさ。ケリーの顔がかすかに綻(ほころ)び、どことなく誇らしげになっていく。

ああ、この子はやはり香港が好きなんだな、と感じる。だからこそ苦しいのだろう。

紙ナプキンの下の付箋に私は手を伸ばした。鞄をさぐってボールペンを取り出す。太いサインペンで書きたいところだけれど、あいにく細字のボールペンしか持っていない。だからその分、筆圧を高くして付箋に、加油（ガーヤウ）、と書いた。加油、がんばれ、と。

ケリーの視線を感じながらつづけて書く。

Kerry 加油。

「え、わたし？　ですか？」

剝（は）がした付箋をぺたっとケリーの肩に貼る。

怪訝な顔のケリーがそれを剝がして、じっと見る。それからゆっくりと手帳を取り出し、開いて中程の頁にそれを貼った。

「多謝（ドウヂエ）」

ケリーが小さな声でいった。

その次の付箋に私は書く。

香港加油。

「多謝」

ケリーが小さな声でいった。

「多謝、多謝」

この子がこの付箋をいつも持ち歩いているのは、きっと、忘れたくないからだろう。

忘れてはならないからだろう。

ケリーの手が伸びてきて、私が今書いたばかりの付箋を剝がす。そうして、それもまた、恭しく手帳に貼る。二枚の付箋がひらひらと手帳の見開きを飾っている。小さな小さなレノンウォールだ。欠片になったレノンウォール。香港加油と、私はまた付箋に書いた。そうして、それをメニュウブックの最後の頁に貼った。ついでに、好食好食好食、と書いた付箋も貼っておく。

「なんですか、それは」

とケリーが笑っている。

レノンウォールの欠片を増やす。ひそかに。ひそやかに。誰かが見つけて、すぐに剝がしたとしても、かまわない。そしたら、また貼ればいい。見つけた人が剝がすだけとはかぎらない。その人があらたに付け加えることだってあるだろう。欠片はいつか増殖を始める。目に見えるところだけでなく、目に見えないところでだってそれは増えていく。はたはたと付箋が風に揺れつづける景色を私は思い浮かべた。地球を覆うほどに貼られた、たくさんのたくさんの付箋によって、世界がカラフルになっていく様を思い浮かべる。心に貼られた付箋は剝がせない。それはきっと力になる。そのための加油であり、そのための好食だ。

「ねえ、ケリー。困ったことがあったら、いつでも相談してね。わたし、力になります。

きっと。約束する」

ホテルのラウンジでいったことを私はもう一度ケリーにいった。いわずにはいられない気持ちになっていたから、そう、だから、これは本気の言葉だ。

「多謝」

ケリーが今度は受け入れてくれた。

4

金髪で出勤したら、みんな仰け反っていた。

ぐえ。

と声をあげた人もいた。

まあ、そりゃそうだろうと思うが、素知らぬ顔で席につく。

白髪混じりの髪は、若い頃に比べたら脱色するのがうんと楽で色もよく入った。ちょっとこう、涼しげに光ってるみたいに見えて、自分では気に入っている。

あら、すてき、といってくれる同僚があらわれると、それをきっかけに空気が変わった。これもまた、若い頃に比べたら、うんといい傾向だ。

身体の動きもなんとなく軽やかになった気がして仕事もやけに捗る。こんなにのびのびとした気持ちで働くのはいつ以来だろう。

あの日、地下鉄の駅に向かうケリーとは、歩道橋の上で別れた。

再見(ヂョイギン)。

再見。

と手を振って。

これからまた会うこともあるだろうから、その言葉に嘘はない。

テイクアウトのエッグタルトを入れたレジ袋をぶらぶらさせて、ケリーは機嫌よく歩いていった。

私はなにやら香港の旅から帰ってきたみたいな心地で、ケリーの後ろ姿を見送っていた。

石を拾う

宮下奈都

　玄関のドアを開けたらおばあちゃんが待っていた。ただいまもいい終わらないうちに、ムラタさん泣かしたんだって、とおばあちゃんはいった。まだ鞄(かばん)も置く前、手も洗う前だ。わたしが学校から帰るよりも先におばあちゃんが知っていたということは、どこからどう伝わっているのか不思議だ。

　泣かしてない、とわたしはいった。

「勝手に泣いたんだよ」

　おばあちゃんは表情を変えず、

「また喧嘩(けんか)したんだね」

「してない。あれは喧嘩じゃない」

　わたしがいうと、無表情のまま短くため息を吐いた。おばあちゃんの無表情は一番怖い。

「なんでそんなことになったの」

わたしは口を開きかけて、あきらめた。説明するのはとても面倒だ。ムラタが悪かった。ムラタのまわりの男子たちも悪かった。でも、わたしもたしかに悪かった。どうしてそんなことになったのか、どんなにきちんと話したって、おばあちゃんにはわかってもらえないだろう。わたしにもわからないんだから。

「また、マグマか」

おばあちゃんはいった。うん、とうなずく。マグマだとしかいいようがない。わたしのお腹の中のマグマ。おばあちゃんは目を伏せて、いつもと同じことをいった。

「あんまり目立たないようにね」

いつもこれだ。目立つな、という。目立とうと思っているわけじゃないのに、目立つなといわれてもどうしたらいいかわからない。もしかしたら、おばあちゃんにも他にどういったらいいのかわからないのかもしれない。

おばあちゃんがじっとこちらを見ているので、わかった、と答えて、手を洗いにいく。どうすればいいかはわからないけれど、おばあちゃんが目立たないでほしいと思っていることはわかった。その、わかった、だ。

おばあちゃんは目立つことをとても嫌がる。でもわたしは喧嘩——じゃなくて、よく揉(も)め事を起こして、しかもたいてい相手を負かしてしまう。先生に叱られたり、友達からは仲間外れにされたり、けっこうな報いは受けてきたと思うけれど、おばあちゃんに目立つなといわれるとさらにそこに重しが加わる。

「じゃあ、どうすればよかったの」

手を洗って、うがいをして、鏡の中の自分に聞いてみる。

「黙っていればよかったんだよ。誰が何をやっていてもわたしには関係ない。見なかったことにすればいいんだ」

そう答えながら、口がゆがんでいる。おえー、と声が出る。

利口でないのはわかっている。だけど、身体の中に活火山があって、それが噴火するのを止めることができない。みんなは止めることができるのか、それとも初めから噴火することがないのか。少なくとも、おばあちゃんにはないんだろうな、とわたしは思った。

下校のとき、靴箱のところでガウォンが顔を真っ赤にしていた。クラスの男子がガウォンの靴を玄関から外へ向かって放り投げたのだ。ガウォンは普段からあまり笑わないし喋らない。ふてぶてしい顔で悪いことばかりいうので、男子からも女子からも好かれていない。靴を投げられても、いつもなら平気そうだった。内履きのまま外へ靴を取りに行ってそこで履き替えて帰るだろう。

でも今日は、様子が違った。何人かの子がその側を通り過ぎて、わたしもそうしようとして、気づいてしまった。ガウォンは泣くのを我慢して、怒りに満ちた声で何かをつぶやいていた。呪いの言葉みたいだったけれど、なんといっているのか聞き取れなかった。

「おーい、ガウォン」

離れたところで男子が数人野次を飛ばしていた。

「悔しかったら日本語でいい返してみろー」

そうしてゲハゲハ笑った。まんなかでふんぞり返って汚い歯を見せているのがムラタだった。

日本語で、というのが聞こえた瞬間にわたしは大股で歩き出していた。植込みのところで裏返しになってすり減った靴底を見せているガウォンの靴を片方ずつ拾い、まだ靴箱のところに立っているガウォンの足もとに戻した。それからすぐに取って返して、ムラタの手から鞄を奪い、それを持っていって校門のすぐ脇を流れている用水の上でひっくり返した。うわあ、と大きな声がした。

「何すんだよ、ナルミ」

「あっ、ムラタのレアカード!」

追いかけてきた男子が用水に落ちた鞄の中身を指さしている。

「おまえ頭おかしいだろ」

ムラタは怒鳴(どな)ったけど、ちょっとかすれて鼻声になっていた。やり返されたくらいで泣くなら初めからやらなければいい。

「弱い者いじめするんなら、ひとりでやんなよ」

わたしがいうと、ムラタは涙目でわたしを睨んでいった。

「やっぱおまえ、王の娘なんじゃないか」

「そんなことしかいえないの」

王の娘というのがムラタの考えつく最高の侮辱らしい。王の娘、王の娘、とムラタ以外の男子も囃(はや)し立てた。王様がほんとうにいたなんて、たぶん誰も信じていないくせに。

少し離れたところで、きーちゃんとマコちゃんがめちゃくちゃ気まずそうな顔で待っていた。わたしたちは、ガウォンのことも、ムラタのことも、もうふりかえらずに歩いた。ただそれだけの出来事が、学校から帰ってくるまでの間にもうおばあちゃんに伝わっている。

目立つなということは、今いる場所に溶(と)け込んで、そこからはみ出すなということだ。それなら、友達がいじめられていても、理不尽な差別が平然とされていても、黙って見過ごせということになる。

今は、マグマという言葉を知っている。でも、最初におばあちゃんに説明しようとしたときはまだ幼くて、どういえばわかってもらえるのかわからなくて、地団太(じだんだ)を踏む思いだった。地団太という言葉だって最近覚えたのだ。地団太という言葉にあのときの気持ちを代弁してもらうことができて、ちょっとうれしい。

とにかくわたしは、みんなの身体の中にも火山があって、マグマが噴き出すことがあって、地団太があって、それを踏み鳴らす足がある。そう思っていたのだ。でもどうやらおばあちゃんにはマグマが流れていないらしい。もちろん、地団太もない。身体の中で大砲がドカンと鳴るようなことも、たぶんいっさいないのだ。だから、どうしたってわかってもらえるはずがない。

居間に戻ると、まだおばあちゃんはいいたりないみたいだった。

「もうすぐ六年生でしょう。このままじゃよくないね。癇癪を起こしたとき、止める方法を考えないと。相手を泣かせたり、張り倒したりする以外の方法を」

おとなしく聞いておこうと思うけれど、癇癪とは違うと思った。もしこれが癇癪なら、癇癪も必要なものだということだ。それに——と思いかけたけれど、自分でもうまくつかめなくて、考えるのを保留する。マグマには怒りとか憤りとかだけじゃなくて、もっと他の大事な成分も含まれている。だけど、それが何なのか、わたしにもよくわかっていない。

あと、わたしはムラタを張り倒してなんかいない。勝手に大げさに伝えられている。

「方法なんてないよ」

あるかもしれないけど、思いつかない。マグマはコントロールできるようなものじゃないから。

わたしが正直に答えたのに、おばあちゃんは首を振った。

「そんなわけない。もっと賢い方法を考えるのがあんたの仕事」

それから、ほとんど同じくらいの背丈になったわたしの顔を覗き込むようにして、つけたした。

「あんたはほんとうはものすごく賢い子なの。ちょっと立ち止まって、深呼吸して、力ずくじゃなく、もっと賢く相手を打ち負かす効果的な方法を考えるほうが解決になるんだよ」

解決になる、という言葉に顔を上げる。いったい何をどうすれば解決になるのか、そもそもわたしは何を解決したいのか、ちゃんと考えたことがなかった。打ち負かす、という言葉にも、効果的な方法、という言葉にも、戸惑った。おばあちゃんはいつもの冷静な目でわたしを見ていたけれど、驚いているわたしがおかしかったのか、ちょっと笑って、そそくさと台所のほうへ行ってしまった。

だけど、無理だ。立ち止まったって別の方法は思いつかないだろう。黙っていたら、物事はぜんぜん好まないほうへ流れていく。噴火するマグマの勢いに任せて、その場でひとつずつ制圧していくしかないんだ。

好むか好まないか、正しいか間違っているか、絶対的な答えなんてないことをわたしはもう知っている。わたしの中の活火山が噴火するかどうか、それだけが判断基準だ。そんなふうに思っているわたしが賢い子なわけがない。世の中にはたくさんの好き嫌いがあって、たくさんの正義がある。もちろんそうだ。明らかにひどいことが起きても、みんな我慢する。わたしは我慢して我慢して我慢し飽きた。いつまで我慢すればいいんだよ。深呼吸なんかしている間にマグマが治まったらどうするんだ、と思っている。

「ごめんね、おばあちゃん」

台所で夕飯の支度を始めたおばあちゃんに、小さな声でいう。深呼吸をしたらマグマが治まるかもしれないとわたしも思うんだよ。そうやって治めることができたら、治まったことだしまぁいいかと思っちゃうんじゃないかな。目の前で起きた理不尽を見なかったことにする。それを怖いと思ってるんだ。

それから、さっきおばあちゃんがいったことを頭の中でゆっくりと反芻(はんすう)する。

もっと賢く相手を打ち負かす効果的な方法。

おばあちゃん、それだよ、わたしが知りたいのは。

わたしは腕まくりをして、お米を研(と)ぐ手伝いをしにいく。台所の手前の壁に、小さな額に入れられておかあさんの写真が飾ってある。わたしはそれに形だけ手を合わせて、いつもありがとう、という。わたしが生まれてすぐに、悪性コロナで亡くなってしまったおかあさん。でも、写真をスキャンしてこっそり検索したら、別の家族の中で笑っているおかあさんの写真が出た。元気でいてくれるなら、それでいい。

石を拾うのが好きだ。

なんでこんなに好きなのか、わからない。最初は、学校の校庭で雲母(うんも)を見つけた。きらきら光って、自然のものだとはとても思えなくて、夢中になって探した。そこから始まったと思う。でも、光らなくてもいい。きらきらしない石も、すべすべしていない石も、拾うと胸が弾(はず)む。

学校の行き帰りも、下を向いて歩く。わけもなく胸を張って歩いたり、友達としゃべりながら歩いたりするより、ずっといい。住宅地と川沿いとでは石の種類が変わる。どちらもおもしろい。

「見て、王(ワン)さんがいる」

きーちゃんが小声でいった。わたしたちはそちらを見て、すぐに目を逸(そ)らした。その小柄な老人を、あんまり見ちゃいけない。台湾の人だ。若い頃に日本に勉強をしにきて、そのまま残ったという話を聞いたことがあった。

何年か前に中国が台湾を統一しようとしたときに、日本はそれを非難しなかった。台湾はいつも日本にとても親切だったのに、日本は強いほうについたのだ。台湾との非政府の連絡機関というのも閉鎖された。日本にいた台湾の人の多くは日本を出ていったけれど、王さんは残った。故郷との行き来のほとんど途絶えた国にいるのは、すごくつらいんじゃないかと思う。だけど、王さんはいる。どうしてなんだろう。こっそり王さんのほうを盗み見していたら、マコちゃんに大げさに肘でつつかれた。王さんは川原に佇んで、向こう岸を眺めているようだった。

絶対にはぐれてはいけない。わたしたちは学校でも地域でもそう厳しく教えられた。子どもを狙う人さらいがいるのだそうだ。さらわれなかったとしても、はぐれたら生きていけない。あたりまえのことだった。わたしたちひとりひとりはとても弱いから、助け合わなければすぐに生きていけなくなってしまう。だから、王さんのことが気になった。わたしたちの助け合う共同体の外で、ひとりでどうやって生きているんだろう。不思議というよりも、なんだか怖い。いつか困るんじゃないか、異国の地で生きていけなくなるんじゃないかとびくびくしながら暮らすのは、想像もできないくらい大変だと思う。もしかすると王さんはもうどこかがちょっと壊れていて、怖さに慣れてしまっているのかもしれない。王さんを遠くに見かけるたびに、そう思った。

人さらいというのは、きっと都市伝説だ。これはおばあちゃんの受け売りなのだけれど、人さらいが来たとでも思わなければやっていけなかったんじゃないか。悪性コロナでたくさんの人が亡くなった。苦しんで死んだのではなく、さらわれてどこかに集められ、そこで元気にやっているのだと思うことにしたほうがましだったんじゃないか。おばあちゃんはそういっていた。

　でも、悪い人に見える悪い人なんかいない、といったのもおばあちゃんだ。人さらいだとわかる人さらいはいない。ほんとうに怖い人は怖い人には見えないんだよ、だからよけい怖いんだ。王さんも怖い人には見えなかった。悪い人にも見えない。ただ、さびしそうな人に見えた。誰も王さんに近づかなかった。

　わたしたちが厳しくされたり、逆に過保護にされたりするのは、わたしたちの世代が特別だからだ。わたしたちの世代は、極端に人数が少ない。幼い頃に129株の流行があった。悪性コロナは、初期の頃から、太った人が重症化しやすいとか、特定の血液型の人がかかりやすいとか、北海道だけで流行するとか、三十代の男の人だけが感染するとか、いろんな株があったらしい。129株は、中でも大騒ぎになった。五歳前後の女の子ばかり感染して、あっという間に悪化して死んでしまうのだ。それが流行っている間は子どもたちはずっと家に閉じ込められていた。

　129株が特に流行った地域では、保育所に二十人いた女の子が五人になってしまったところもあったとニュースで見たことがある。しかも生き残った子のうちの何人かは重い後遺症が残ったらしい。

　わたしもちょうど同じ年頃だったから、そのニュースをよく覚えている。すごく怖かった。おばあちゃんは毎日唇をきっと結んで険しい表情をしていた。長い間保育所は閉鎖され、子どもたちは外出を禁止された。男の子には感染しないはずだったけれど、どこで誰が感染してウイルスを撒(ま)いてしまうかわからないので全員自宅待機だった。あの頃は、どこにも行けなかった。家族と一緒でも、子どもが外にいると周囲の目が厳しくて、家にいるしかなかったのだ。

あの息苦しさは忘れられない。同じ歳であっても、きっと男の子とは共有できない。もしも感染しても男の子ならだいじょうぶなのだ。女の子は言いつけを守って、家の中でただじっとしていた。それが生き延びる条件だったのだ。でも、少しずつどこかが麻痺していっている気がした。言いつけを守っていても死んでしまう子はいたから、あとは運なのだ。運ならば試してみようか。そうも思った。でも、どこにも行けず、何もできなかった。わたしは幼くて、はぐれることさえできなかった。

小学校に入学して、ようやく解放された。129株は収まりつつあったし、わたしは対象年齢を外れる。いつまた変異株が現れるかわからないけれど、今のうちに友達をつくろう。外で遊ぼう。そう思ったけれど、なんだかみんなすっかり弱くなってしまっていた。わたしもだ。元気みたいなものが薄れてしまった。楽しいこともうれしいことも、なかなか思いつけなくなっていた。その頃からだったと思う。ときどき自分の中にマグマのようなものを感じるようになった。お腹の底のほうで熱く滾(たぎ)っているマグマ。やりたいことも、行きたい場所も見つからなかったから、マグマの存在を感じると、少しだけほっとした。生きている感じがした。

マグマの話をすると、おばあちゃんは嫌そうな顔をする。でも、ぜったいにもっと嫌な顔をするだろう話が、わたしにはまだいくつかある。それをおばあちゃんが知らないと思うと、自然に胸がふるえる。笑っているのと、武者震いとの間みたいな感じ。そして、強くなれそうな気がするのだ。おばあちゃんの知らない、わたしだけの秘密。

夏祭りの夜のことだ。しばらく悪性コロナの流行が収まっていて、ようやくいろんな行事が開催されることになっていた。何年ぶりかで夏祭りも開かれると聞いて、みんなはしゃいでいた。わたしたち子どもはリアルのお祭りに行くのは初めてで浮かれていたし、もしかしたら大人たちのほうが楽しみにしていたかもしれない。おばあちゃんはわたしに浴衣(ゆかた)を着せてくれて、めずらしく鼻歌なんか歌っていた。

普段はしんとしている神社の参道にたくさんの屋台が並んで、夜なのに人がにぎやかに出歩いていて、なんだか夢の中にいるみたいだった。射的なんてアニメでしか見たことがなかったし、りんご飴も、カステラ焼きも、特別においしそうに思えた。どうしよう、何を買おう、と思っているうちに、隣におばあちゃんがいないことに気づいた。

ぜったいにはぐれるな。

小さい頃からずっといい聞かされてきたから、わたしは焦った。辺りを見まわして、おばあちゃん！　と闇雲に叫びたくなったけれど、どうにか堪えた。おばあちゃん、おばあちゃん。どくどく波打つ胸を押さえて、おばあちゃんを捜した。

でも、すぐに見つかった。ひとつ隣の屋台、金魚すくいのところにおばあちゃんはいた。ほっとして駆け寄ろうとして、寸前で思いとどまった。

「河野美和子さん」

よそいきの声で、おばあちゃんの背中に呼びかけた。ふざけたつもりだった。

おばあちゃんはふりむかなかった。聞こえなかったのかと思い、もう一度、もう少し大きな声で呼んだ。

「河野美和子さーん」

おばあちゃんがふりむかない。何かがおかしかった。

その瞬間、神社の境内の向こうがパッと明るくなったかと思うと、ドンと大きな音が響いた。

打ち上げ花火だった。

わあ、とあちこちから歓声が上がって、みんなが空を見上げるのがわかった。でも、わたしはおばあちゃんを見ていた。斜め後ろから見るおばあちゃんの横顔は、まるで知らない女の人みたいだった。

おばあちゃんは河野美和子じゃないんだ。なぜかはっきりとそう悟った。そして、わたしのほんとうのおばあちゃんでもない。

ドン、ドン、と花火が続けて打ち上げられて、わたしも空を仰ぐ。こんなに近くで本物の花火を見たのは初めてだった。でも、心は静まり返っていた。これまでのいろんなことが、突然ひとつに組み合わさったみたいで、すがすがしいような気さえした。

「おばあちゃん」

花火の合間に呼びかけると、今度こそ聞こえたようで、おばあちゃんがふりかえった。いつものおばあちゃんの顔だった。

「金魚すくいする？」

おばあちゃんが聞き、ふたりでやった。わたしは一匹もすくえなくて、おばあちゃんが十七匹すくった。屋台のおじさんがおもしろくなさそうに金魚を袋に入れて渡してくれた。


今日は校外学習で川原に行くことになっているから楽しみにしていた。水辺の生きものを観察するのが目的だけど、二時間もあるから、きっと自由時間もあるはずだった。

久しぶりの屋外活動は、みんな楽しそうで、観察をさっさと済ませてあとは遊んでいても先生も何もいわなかった。

川原にはいろんな石があって、拾うととても贅沢な気持ちになれる。昼間の太陽に温められた熱がまだじんわりと残っていて、わたしは目を閉じてそれを味わった。川岸近くでは、同級生たちが平らな石を拾っては投げ、どれくらい跳ばすことができるか競い合っていた。そうしない子たちはいくつかの群れにかたまっておしゃべりしている。

手の中の石は、灰色で、角が丸くて、どこにでもありそうだけどきっとどこにも同じものはない。そしてそのことに特に何の意味もない。どれを拾ってもよくて、拾わなくてもよかった。見まわすと、石だけではなく、あちこちに生えているススキも、そこに飛んでいるトンボも、そうだ、川を流れていく水も、何の意味もなくて自由に見えた。蜂蜜みたいに甘いよろこびが胸の中に広がっていた。ぜんぶわたしのものだし、ぜんぶわたしのものじゃなかった。

ススキの陰にしゃがんで、両手を石の上に置く。右手でひとつ拾い上げると、端っこが段々になっていて、ちょっと変わっていると思った。いい石だ。左手でひとつ拾うと、これは少し色が淡くて、全体的に滑らかだった。これもいい石だ。次に拾ったのは底が汚れていて、でも水で洗えばすぐにきれいになりそうだった。いい石だ。それから次の石は、黒っぽくて小さかった。もちろんいい石だ。

しゃがんだまま右手にも左手にも持ちきれないほどの石を持って、次の石をどうやって拾おうかと考えていると、目の端を何かが横切った。はっと顔を上げると、小柄なおじいさんがいた。王さんだった。

　王さんはわたしを驚かせないように気遣ってか、何もいわず、かすかに口もとに笑みを浮かべると、静かに歩いていってしまった。

　少し離れたところで、何人もの子たちがまだ川に石を投げていた。上手な子は、川面に石を何度も跳ねさせることができる。一回、二回、三回、四回……水を切って進んでいく石は、まるで水面を滑っていくみたいに見えた。

　わたしは水切りよりも石を拾うほうが好きだったから、参加するつもりはなかった。だけど、さっきたしか左手で拾った黒くて平たい石。あれは水切りをしたらよく跳びそうだった。

　両手につかんでいた石を、いったんすべて足もとの土に置く。あった。この石。ひと目で他の石とは様子が異なっているのがわかる。よく見ると、人の手で磨かれたのかと思うほど表面が滑らかだ。一方の角は尖っていて、なんだったか、どこかでこれと似たものを見たことがあるような気がしてきた。

　右のてのひらに石を載せて、太陽の光にかざしたり、左の指で転がしてみたりしながら、なんだったっけ、と考えているうちに、社会の教科書に載っていた写真を思い出した。何万年か前の石器の写真。あれはこれとよく似ていた。わたしは息を詰めててのひらの黒い石を見た。これが矢尻か何か、旧石器時代に武器の一部として使われていたものだということがありえるだろうか。この川原から、そんなものが出土したという話はあっただろうか。

胸がどきどきしていた。考えたこともなかった。すごい石を見つけた。でも、先生に走り寄って戦果を誇る気はなかったし、きーちゃんやマコちゃんに見せびらかしたいとも思わなかった。おばあちゃんはどうせわかってくれない。わたしがこの手に貴重な石を握っていること、そのせいで、今ここに転がっている他の石たちが、なんのおもしろみもない石ころに見えること。石だけじゃない、ススキが、川が、空が、色褪せて見えて、わたしはしばらくその場から動けなかった。

黒い石だけを持ってゆっくりと立ち上がった。これはここにあってはいけないと思う。隠されていなくてはならないものだ。これがあるせいで平らかな気持ちでいられなくなってしまう。

向こうに、王さんの姿が見えた。王さんはわたしとは関係のない人だ。石とも関係のない人だ。それがよかった。わたしは勇気を出して王さんのほうへ歩いていった。

すみません、と声をかけると王さんは穏やかな目でわたしを見た。

「この石、貴重な石かもしれないんです」

いきなり話しかけたのに、王さんは迷惑そうなそぶりは見せない。

「石器の一部が出土したものじゃないかと思います」

石器だとか、出土だとか、日本語が母語ではない人には通じないのではないか。そう思いながら強引に話した。わたしはただ、この石を、何の関係もない王さんが持ってていてくれたらそれでよかった。隠し場所は他に思いつかない。何も知らない王さんに押し付けるには、とにかく強気でお願いするしかないと思った。

「預かっておいてもらえませんか」

わたしが黒い石を差し出すと、王さんは律義に両手で受け取ってくれた。そして手の中の石を三秒ほど見つめた後、そのままわたしの手に返してよこした。

「責任を持てません」

王さんはいった。

「いいんです、そんな、責任なんて。なくしちゃってもかまわないです」

返してもらおうとは思っていない。とにかく持っていてくれたらよかったのに、王さんは泰然とした表情のまま首を振って、きっぱりと受け取るつもりはないことを示した。

ばかな子どもだと思われただろうか。その辺で拾ったちょっときれいな石を勝手に手渡してくる馴れ馴れしい子どもだと思っただろうか。たしかにその通りだったのだからしかたがない。わたしは王さんに一礼して、その場から走って戻った。他の誰に頼んでも、こんなつまらない石は気軽に受け取ってもらえただろう。受け取らなかった王さんはすごいと思った。

わたしは同級生たちが水切りをして遊んでいる川岸まで走っていって、その端に並んだ。そうして、黒い石を右手に握って、尖っている部分に人差し指を引っかけた。腕を水平に後ろへ引く。それから思いきり川へ向かって石を放った。ぼちゃん、と音を立てて黒い石は沈んだ。一度も跳ねなかった。

きーちゃんとマコちゃんは、下校班が一緒で友達になった。ちゃんと仲よくしている。でも、たぶんだけど、きーちゃんとマコちゃんの仲がよくて、わたしはそこに交ぜてもらっている感じだ。

「だいたい革命軍のリーダーっていうのは、若いうちに同志との間に子どもが生まれるものだから」

きーちゃんがマコちゃんに楽しそうに解説している。

「王が四十くらいだとして、娘は十五くらい？　もっと上？」

「それから十年は経ってるとすれば、今、二十五歳くらいになってるかなぁ」

わたしの知る限り、女の子はみんなこの都市伝説が好きだった。

王の娘伝説。悪性コロナの流行からしばらくすると、当時の政府の暴走が加速する。勝手に権力を増大させ、三権分立は脅かされ、裏金が横行し、格差は広がり、治安は乱れた。――この辺りの話になると、みんな唇に人差し指をあてるしぐさをする。政権を批判するのは危険、という合図なのだと思うけど、そのせいもあって王の娘伝説は今もかえって鮮やかに聞こえるのだと思う。

　ともあれ、そのときに立ち上がった反政府組織のリーダーが、「王」と呼ばれる人物だ。でも革命は失敗し、組織は散り散りになる。メンバーはもとより、王の行方も不明だ。そもそも王がどんな人物だったのかも明らかにされていない。王に力などなかったのだという人もいたし、政府側に捕らえられたのだという人もいた。ほんとうのところはわからない。その、娘だ。王の後を継ぐ娘は生き延びて、今も市中に潜伏している、という。

「今どこで何をやってるんだろうね」

　人さらいが出るという話にくらべて、こちらには希望がある。いつか王の娘が現れて、目を瞠るようなことをやってくれるんじゃないか。そう思うだけで楽しいのに、というか、楽しんでいるだけなのに、男子はあからさまに嫌な顔をした。

「日本は民主主義国家なんだよな。反乱とか、謀反とか、ゆるされんの？　だいたい、王は何も成し遂げてないんだ。ヒーローなんかじゃないって」

「娘がいたとしても、絶対に無能。二世は無能。しかも女」

　そういったのはムラタだ。

「しかも女、ってなに。娘なんだから女に決まってるじゃん。王に息子がいたら、もっと無能だったと思う」

きーちゃんは直接ムラタにいい返すことはせず、わたしたちに口を尖らせた。

下校班は途中まで男子も一緒なのだけど、川沿いの道に出る辺りから三人になる。

「ムラタは強いし、乱暴だよね」

きーちゃんがいった。

「それに、ずるい」

「いっつもわたしらが我慢するの、おかしくない？」

ムラタは身体が大きくて、声も大きくて、態度も大きくて、でも、気も心も小さい、たぶん。だから、しょうもないことで文句をいったり怒ったりする。人に意地悪もする。めんどくさいし、なるべくかかわりたくないんだけど、今日はマコちゃんが難癖をつけられたらしくて帰り道を歩きながらずっと怒っている。

「しょうがないよ、ムラタんとこお父さんも力があるんだって」

「あー、わたしもそれ聞いたことある」

へえ、といいながら、わたしは、ムラタのお父さんは腕力が強いってことかな、それとも何かもっと違う力を持ってるってことかなと考えた。権力みたいなやつ。でもお父さんに力があったって、ムラタとは関係ないし、わたしたちにはもっと関係ない。マコちゃんが嫌なことをいわれてもいい返せない理由にはならない。そう思っていたら、

「ナルミが対抗してくれたらいいのに」

きーちゃんがわたしの顔を見てにやにやした。

「え、わたし？」

「うん。おんなムラタとして。わたしら全員で応援するからさ」

うんうん、とマコちゃんも大きくうなずいている。

「おんなムラタ」

きーちゃんから放たれた衝撃の単語を繰り返すと、ちょっと慌てたみたいだ。

「ごめん、悪い意味じゃないよ？　ナルミは負けないってこと。いつも立ち向かっていくし、強いもん」

さっききーちゃんはムラタのことを強くて乱暴っていってた。マコちゃんはムラタのせいでずっと不機嫌だし、さらにわたし自身はムラタを態度は大きいのに気も心も小さいと踏んでいる。それなのに、おんなムラタか。

「悪い意味じゃないムラタって、どんなムラタよ」

わたしがいうと、きーちゃんは目をぱちぱちさせて、声を落とした。

「とにかくさ、ムラタには誰かがガーンといってやらなきゃいけないんだって。先生とか、ムラタのこと特別扱いしてるし、みんなもなんか遠慮しちゃってるし」

「それって、ムラタのお父さんに力があるからなの？」

そう聞いたら、マコちゃんも声を落とした。

「そうだよ、だって目をつけられたらやばいってみんないってる」

「そういうところに正々堂々戦いを挑めるのはナルミくらいだよね」

脱力して、ふへっと息が漏れたら、笑ったみたいに聞こえたらしい。きーちゃんもマコちゃんもほっとしたように顔を見合わせた。

これはムラタが悪いんじゃなくて、きーちゃんが悪い。いや、ムラタもちゃんと悪い。先生も、みんなも、悪いでしょう。だけど、今現在の問題は、そこじゃない。わたしはただの乱暴者だと思われている。おんなムラタだといわれてしまうわたしが、全員の中で最悪だった。

泣きたくなったけど、そうしたらほんとうに気が小さいムラタみたいでかっこわるいから、川のほうを見ているふりをしてなんとかこらえた。

「ちょっとだけ石を拾っていくから、先行ってて」

わたしが川原のほうへ身体を向けながらいうと、きーちゃんとマコちゃんは、えー、とまた顔を見合わせた。

「人さらいが出るよ」

マコちゃんがいった。

「だいじょうぶ！　ちゃんと三人で帰ったっていうから」

手を振りながら川原のほうへ土手を駆け降りる。最後まで一緒に帰ったことにしないと、全員が先生に叱られるのだ。人さらいなんて出るわけがない。もし出たっておんなムラタなんてさらうわけがないじゃない、と心の中で叫んだ。

ふたりと別れて、川原の石を蹴り蹴り歩いていった。はぐれるんじゃない。ちょっと離れるだけだ。ひとりで考えたかった。

おばあちゃんがいった、もっと賢く相手を打ち負かす効果的な方法。それを知りたいとわたしは思っていた。でも、それだけじゃぜんぜんだめだ。わたしがひとりで相手を負かしても、味方のはずの友達がわたしをおんなムラタだと思うようじゃ、ぜんぜんだめなんだ。

川の水はいつもより少なくて、中洲の白っぽい石がたくさん見えている。でも今日はあんまり石にも惹かれなかった。

ススキの群生を抜けると、その向こうに、知った顔があった。

「あ」

「こんにちは」

王さんは穏やかな笑みを浮かべていた。

「こんにちは」

教室でいえば机四列分くらい離れたところで、会釈(えしゃく)をしあった。どうしよう、と思った。黒い石を預かってほしいと頼んだ日以来だった。気まずかったけれど、王さんは何事もなかったように川のほうを向いている。わたしは歩いていって、王さんのずっと後ろにあるコンクリートの四角いブロックみたいなやつにすわった。

おんなムラタといわれたことはショックだったけど、その局所的な痛みが引いてくると、もっと大きな穴が開いていたことに気づかされた。

わたしは、マグマが噴き出すのに任せて、自分のいいと思うことを正直にやってきた。でも、自分がいいと思うことだけをやっていてもだめなんだ。いいと思えないことをやるのはぜったいだめだけど、いいと思うことを、他の人にもいいと思ってもらえるようにやるほうがいいんだ。今はわたしのいいが独走してるから、おんなムラタとしか思われないんだろう。

そこまで考えて、ため息が出た。すごく難しい。自分のいいと他人のいいの優先順位はどんなふうにつければいいんだろう。バランスを取るのは、きっとすごく難しい。だいたい他人にどう思われるかなんて気にしていたら、なんにもできなくなるに決まっている。

ほ。ち。

あ、また来た。

ほ。ち。ほ。ち。

細かい泡を出しながら沈んだり浮かんだりする入浴剤みたいに、胸の中でほちほちと言葉が浮かび上がる。あぶくと同じだから、放っておけば消えてしまう。だけど、今日はいつまでたっても、ほちほちほちほちほち浮かんできて、やり過ごすのがむずかしい。風が吹いて、さわさわとススキの穂が揺れる。

ほ。んとうは、

ち。がうんじゃないか。

ああ、これだ、と思う。マグマの正体。怒りとか憤りとか、それからもっと別の何か。わけのわからないエネルギーで湧き上がるわたしの中のマグマは、ほんとうはちがうんじゃないか、という疑念でできている。ほんとうはちがうんじゃないか。そう思いながら、ちがうかもしれないことをする。見て見ぬふりをする。そういうときに、マグマはわたしの中で煮えたぎる。

みんなの心の中にもマグマがあればいいのに。ぬるくてもいいから、温泉みたいな感じでもいいから、おかしいと思ったときや違うと思ったことには湧き上がってほしい。ほわんとでもいいから、ほ、ち、って浮かんできてほしい。ほんとうは、ちがうかもしれないんじゃないの、もしかしてもしかしたら。それくらいでいいから、一緒に湯けむりを上げてくれたら心強い。

「でも、どうすれば」

自分以外の人の中に火を熾せるんだろう。

油断していた。わたしはひとりごとを声に出していたらしい。川岸で向こうを見ていた王さんがふりかえった。

「どうかしましたか」

流暢だけれど、ひとつひとつの音の長さが微妙に違う日本語だった。わたしは黙って首を横に振った。

他人の心に火を熾すなんて無謀だ。そんなことはできっこない。つまり、わたしはひとりだ。これまで通り、ひとりで怒って、ひとりで違うと思って、ひとりで誰にもわかってもらえない。

放っておいてほしかったのに、王さんはこちらへ向き直った。

「何かありましたか」

わたしはまだ黙っていた。ほんとうは放っておいてほしくなかったのだと気づいて、自分に驚いている。王さんの言葉は外国語みたいに響いて、意味が胸に染み込んでくる。すごくいい日本語だと思った。

「どこか具合が悪いのですか」

王さんにいわれて、頭と両手をぶんぶん振った。

「だいじょうぶです」

「そうですか。それならよかった」

　王さんはやさしい笑顔になった。

「子どもがひとりでいるのはとてもめずらしいですから、少し心配になりました」

　だいじょうぶです、だいじょうぶです、とわたしは繰り返した。何がだいじょうぶなのかよくわからなかったけれど、だいじょうぶという言葉を使えばだいじょうぶだと相手には伝わるんだなと新鮮に感心していた。

「ちょっとひとりで考えたかっただけです」

　わたしがいうと、王さんはうなずいた。

「ひとりで考えるのはとても大事なことです」

　わたしもうなずいた。

「でも、もしもよかったら、話を聞かせてもらうことはできます」

　あー、とわたしはいった。だいじょうぶです、といえばノーサンキューの意味に伝わるだろうか。でも今、問題ありませんの意味で使ってしまったばかりだから、イエスの意味で伝わってしまうかもしれない。だから、だいじょうぶですの代わりに、だいじょうぶという言葉で包んだ中身を説明しようと思った。

「あのう、聞いてもらうほどの話じゃないんです。ぜんぜんまとまってないし、何が一番の問題なのかもわかってなくて、これからわたしが自分で考えなきゃいけないんです。

ろうかと思う。

　それに、知らない人に話を聞いてもらうのは、なんだかちょっとおかしいっていうか」

　いいながら、せっかく心配して親切にいってくれているのに、こんな返答でいいんだろうかと思う。

「知らない人だから、いいのです」

　王さんは落ち着いた声でいった。

　それは、この前、石を預かってもらおうとしたときにわたしが考えたのと同じだった。はぐれたり、はみ出したり、目立ったり、しないように気をつけてきたくせに、結局、その線の向こう側にいる人に助けてもらっている。わたしはすごく勝手だった。

「家族でも友達でもない、知らない人になら話せることもあるでしょう」

　王さんの声で家族という言葉を聞いたら、おばあちゃんの顔が浮かんだ。外でおばあちゃんを思い出すと、無性に懐かしいような照れくさいような気分になるのはなんでなんだろう。おばあちゃん。おばあちゃんは大事な人だ。わたしのたったひとりの家族だ。だけど、おばあちゃんには話せない。

　わたしはひとりぼっちだった。おばあちゃんがわかってくれなくて、友達もわかってくれない。ずっとひとりぼっちで、ただここにいて、ほんとうはちがうんじゃないか、ちがうんじゃないか、と思いながら、大人になって、おばさんになって、おばあさんになって、ひとりぼっちで死んでいくのかもしれなかった。

「マグマってわかりますか」

どこから話していいかわからなくて、変なところから切り出してしまった。でも、王さんは、わかります、というようにうなずいた。

「それがわたしの中にいつもあるんです」

王さんは少し離れたところに立って黙ったままもう一度うなずく。

「でも、わたしの家族にも、友達にも、マグマはないみたいで、わたしはいつもひとりで、どうすればいいのかわからないんです」

話すうちに目の中に涙が膨（ふく）れ上がってきて、手の甲で拭（ぬぐ）う。だめだ、こんなことで泣いているようじゃだめだ。マグマがなんだ。マグマの持ち腐れだ。

王さんは何もいわず続きを待っているみたいだった。でも、ごめん、続きはない。もう話せることがない。

川面を水鳥が飛び立つ羽音がして、わたしはそれを目で追った。王さんもわたしの視線に気づいてふりかえり、白い鳥が飛んでいくのをふたりでしばらく見た。

「ひとりですか」

王さんが不意にいったのが、わたしの話の続きだと気づく。

「はい。わたしはずっとひとりです」

そう答えながら、これはたぶん、あなたはひとりじゃない、といわれるやつだと思った。ほんとうのひとりで日本に暮らしている王さんにとったら、わたしがひとりだなんておこがましいもの。誰かがきっとあなたを見ていてくれる、とかいうんだ。もっと悪いのは、そんなことをいったらご家族が悲しむ、というやつ。先まわりして小さくため息を吐いたとき、

「たしかに、ひとりです」

王さんが笑った。

「あなたはひとりです」

びっくりした。涙は引っ込んで、王さんの顔がはっきり見えた。次に何をいうのか読めなかった。

「そのことに気づいたあなたは素晴らしいと思います」

言葉の音の長さがやっぱりちょっと違っていて、まるで歌のようにも聞こえた。

「みんなそれぞれひとりなんです。でも、あなたは」

そこで言葉を切って、王さんはわたしを見た。

「あ、ナルミ、です」

「ナルミ——さんは、ひとりだからこそできることを、ちゃんとやろうとしているように見えます」

そうだろうか。わたしはひとりでこのマグマを使いこなすことができるんだろうか。

たとえばトランプをするとき、ジョーカーを持っていたとしたら、その使いみちを考えるのは、持っているわたしだ。王さんが助けてくれようとしても、持っている人が使うしかない。おばあちゃんやきーちゃんやマコちゃんが持っていないことを嘆いても始まらない。

ジョーカーなら自分の手札を強くすることもできるし、誰かが止めているカードに流れをつくることもできる。誰かを助けられるかもしれないけれど、それで誰かを苦しめることになるかもしれない。強い力を持つジョーカーは、だけど怖がって使わずにいれば、最後に自滅する約束になっている。

「マグマがわたしの中にもあるといったら、ナルミさんはどう思いますか」

コンクリートのブロックの上から、王さんを見る。静かな声に、マグマは感じられない。もしもほんとうに王さんの中にもマグマがあるのだとしたら、うらやましい。それをちゃんと手懐けて、他人からは見えないように大事にかくまっているということだから。

「たぶん、誰の中にもマグマはあります」

王さんは屈んで、しばらく足もとを見ているようだったけれど、やがて何かを拾ってわたしのほうへ手を伸ばした。てのひらに灰色の石が載っている。

「この石は、か、せい、がん、ですね」

言葉をひとつひとつ確かめるように発音した。火、成、岩。

「マグマが冷えて固まってできた石です」

わたしはブロックを飛び下りて、王さんの石を手に取った。

「これが、マグマ？」

「そうです。地球はマグマでできているのです」

相変わらず、王さんの言葉は歌のようだった。川のようでもあった。

この世界がマグマでできているのなら、もうひとりでもいいかもしれないと思った。

つまり、わたしは世界でできているということだから。大人になっても、おばさんやおばあさんになっても、ひとりでいい。ひとりでもひとりぼっちじゃない。

「じゃあ、もしかしたら、おばあちゃんにもマグマはあるのかな」

わたしがいうと、おばあちゃんを知らない王さんが、力強く同意した。

「ナルミさんのおばあさんには誰よりも熱いマグマが流れているはずです」

ほんとうに怖い人は怖い人には見えない。ほんとうにやさしい人はやさしく見えない。

ほんとうにマグマを持っている人も、そうは見えないのかもしれないと思った。

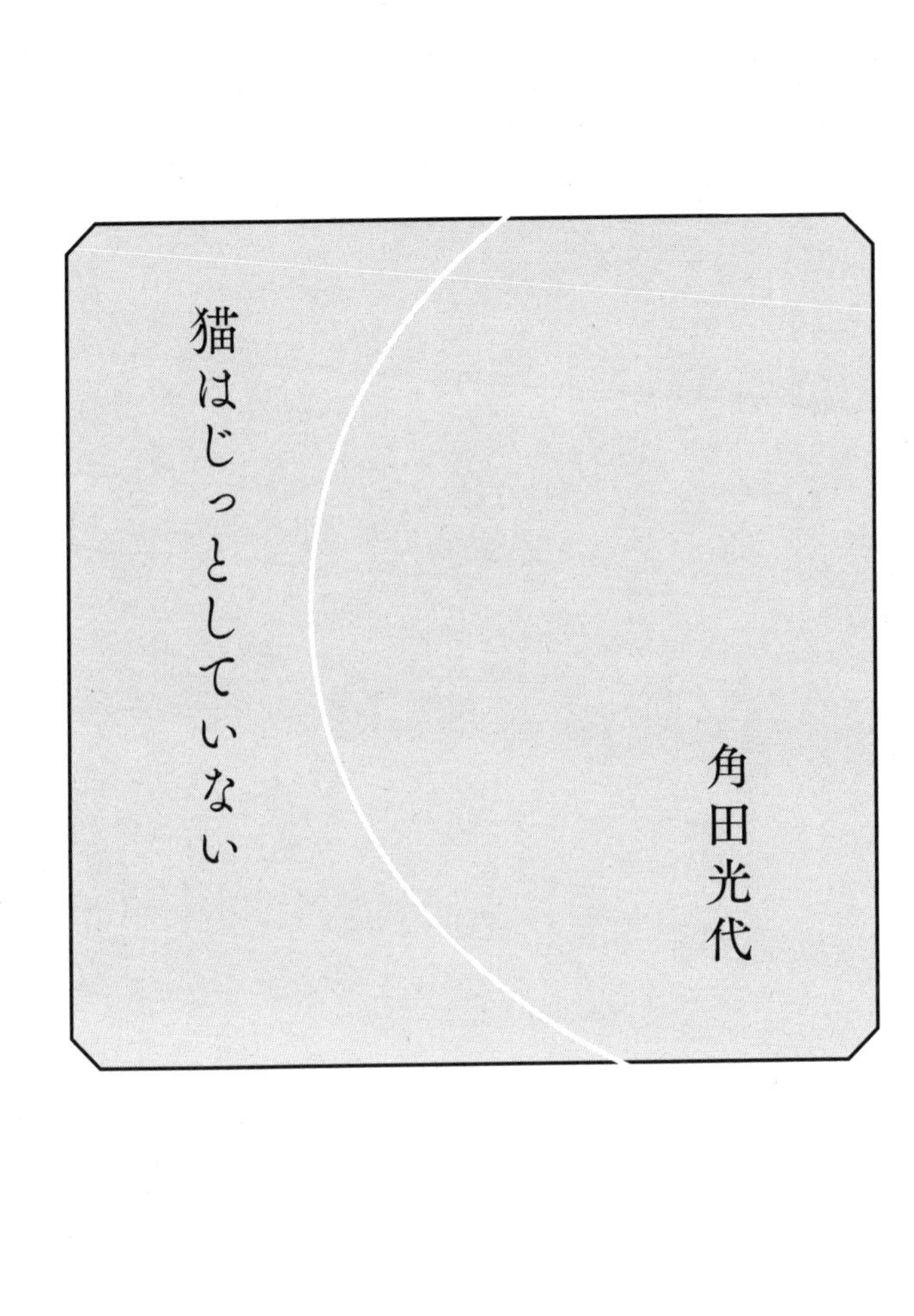
猫はじっとしていない
角田光代

　タマ子がいなくなって一年たつのに、今なお、タマ子に会いたいタマ子に会いたいとくるおしく思っているからか、夢にタマ子が出てきた。せっかくタマ子が出てきたというのに私ときたら恨みがましく、タマ子ちゃん、やっとじゃないのさ、一年も夢にも出てこない、幽霊にもならない、心霊写真としても写らない、気配すらさせないで、どういうつもりなの、なみちゃんとこのマロンくんなんて夜中によく足音を響かせてるって話だよ、タマ子ちゃんって意外に薄情だよねと言いつのってしまい、タマ子はそれを困ったような顔でじっと聞いている。そのじっと聞いているタマ子の困り顔は生きているときそのもので、水道を止め忘れてバスタブから水があふれ出すみたいに私の両目からじゃぼじゃぼと涙が流れ、泣きながら私は、タマ子ちゃん会いたかった会いたかったー、と叫んでタマ子を抱きしめようとした。タマ子は、これまた生きていたときとおんなじ仕草でさっと身を引いて、離れたところから私を見ている。何よ何よタマ子ちゃんの薄情もの、あいかわらず抱っこされるのが嫌いなのねえー、私は泣きながら言った。

「そんなに私に会いたかったの」とタマ子がしゃべった。タマ子が人間の言葉をしゃべることにびっくりしたけれど、どこかで納得もしていた。タマ子はきっと日本語をしゃべっているのではなくて、たましいに戻ったから言葉を介さなくても意思の疎通ができるのだ、夢だからそれが日本語として聞こえるんだと私は思った。

「会いたかった、もうおかしくなっちゃうくらい会いたかった、実際ちょっとおかしくなった、やばかった、ほんとやばかった」意思疎通できることがうれしくて私は夢中で言った。

「もうだいじょうぶなの」タマ子は冷ややかにも見える無表情で訊く。冷ややかに見えるだけで、タマ子は情が厚いことを私はちゃんと知っている。

「だいじょうぶじゃないよ、だいじょうぶじゃないけどでもとりあえずごはんは食べられるようになったし、仕事もちゃんとしているよ、しているけどね、でもやっぱりタマ子ちゃんには会いたい」

タマ子の生まれ変わりがいるのではないかと思って里親会にいったり、インターネットの里親サイトを見続けたことは言わない。タマ子がいなくなってから、恋人とうまくいかなくなって別れたことも言わない。言わなくてもタマ子のたましいは知っているのかもしれない、言葉以外の方法で感知しているかもしれない。でもタマ子からもそのあたりのことは言ってこない。

「タマ子、タマちゃん、またこうして夢に出てきてくれる?」訊きながら、もっとべつの、何かいいことを訊けばいいのにと私は思うが、夢だから思いどおりにはいかない。

「出てこられるかわからないし、サナちゃんが熟睡してて気づかないかもしれない」タマ子は言う。サナちゃん。サナちゃんと、タマ子は私のことを呼んでいたのか。知らなかった。

「気づかなかったら起こしてよ、ぜったい起きるから」

「私台湾にいるからさ、またやばくなったらおいでよ、台湾に」

「えっ台湾にいるのタマ子ちゃん?　なんで台湾に?」

訊くとタマ子は「えへへ」と照れたように笑って、ごつんと額(ひたい)を私にぶつけてきた。

ああこの、軽くてやさしいごつん。甘えたいときのタマ子のごつん。なんてひさしぶりのごつん。もう一回タマ子を抱きしめようとしたところで目が覚めた。顔も枕も濡れていた。カーテンの合わせ目が薄青く光っている。すねの少し下あたりに、タマ子が額をぶつける感触が残っている。夢の感触ではなくて、タマ子が生きていたころの感触だ。一年たってもまったく消える気配のない、ごつんの感触。

その日私は作業の合間に会社のパソコンで台湾について調べた。航空券やホテルの値段やパワースポットやおすすめレストランなどについて調べる合間に作業をしていたといっていいくらいだ。カフェについて調べていると「ほかの人はこちらについても検索していますと画面に出てくる情報のなかに「猫村」という文字を見つけ、クリックする。

「台湾の猫村猴硐（ホウトン）」と大見出しが出てきて、文字どおり私は「うっそまじか」と叫んだ。

「なあに、どうしたの」隣の席の錦野（にしきの）さんが訊き、

「ごめんなさい、なんでもないんです」私は答えてパソコンの画面にぐっと顔を近づけた。

台湾の、一大観光地である九份（キュウフン）の隣にある猴硐という地域にはものすごく多くの猫が棲息していて、猫好きには有名だとある。猫の雑貨店、猫のギャラリー、猫のスイーツが名物のカフェとショップも軒並み猫だらけのようだ。そのサイトには、「こんな猫ちゃんに会えます」と、村に住むさまざまな猫たちの写真も載っている。私は文字どおりなめるようにしてその猫たちを見つめた。

この写真のなかにはいない、でも、ここにいる。タマ子はここにいる。私は確信する。台北（タイペイ）でも台南（タイナン）でも高雄（カオシュン）でもなく、この猫村にタマ子はいる。

「錦野さん、台湾っていったことありますか」訊くと、

「二回ある。台湾なら総務のクリちゃんがくわしいよ、私二回目にいったの去年なんだけど、クリちゃんにお店とか教わったの。並ぶところもあるんだけどハズレはなかった

な。おすすめなのはマンゴーかき氷、これはぜったい食べなきゃだめ」と錦野さんはパソコンから顔をそらさずに早口で教えてくれる。

台湾に私はいったことがない。というよりもこの二十年近く、国内旅行しかしていない。タマ子がいたからだ。タマ子は私が二十歳のときにあらわれた猫で、十八年ともに暮らした。大学を卒業するまでの二年間は、ワンルームのアパートでこっそりタマ子と暮らし、その後、今も働いている編集プロダクションに就職し、猫も犬も可のマンションに引っ越した。十年住んだが取り壊されることになり、三十三歳のときに中古マンションを購入した。

タマ子はふっと、本当にふっと、まるでテレポーテーションでどこかからやってきたみたいに目の前にあらわれた。いつもは商店街を通って駅から帰るのに、そのときは遠まわりして住宅街を歩き、そうしたらわりあい大きな神社があったのでなんとなく五円玉をお賽銭箱に投げてお詣りし、さて帰ろうと歩き出したら、さっきはいなかったちいさな猫がいた。抱き上げると首にしがみついてきて、それを引っぺがしてまた地面に置くなんてことはできなかった。

タマ子と出会った十九年前は、女が猫と暮らしたら最後だ、なんてことがまだ言われていた。猫と暮らすと結婚できないという意味だ。タマ子と暮らした十八年間、恋人がいたときもいないときもあり、結婚話が持ち上がったこともあるにはあるが、私は結婚しなかった。タマ子のせいだとは思わないし、結婚できなかったのではなくてしなかったのだけれど、どちらにせよ今はもうそんなふうには言わない。二十年前のように恋愛至上主義の世のなかではないような気がしている。

タマ子が亡くなったときに交際していた高柳くんは三歳年下のフードライターで、仕事関係の飲み会で知り合い親しくなった。タマ子のこともかわいがってくれたし、私が二泊以上の旅行にいかないことにも理解を示し、食の好みも笑いのツボも飲酒量も似ていて、つきあっていてたのしかったし、何より気持ちがのびのびした。

タマ子が私より先にいなくなることはわかっていたのに、いざタマ子がいなくなってみると私は思いの外うつけてしまって、会社にもいってごはんも食べていたけれど、高柳くんとごはんを食べたり映画を見たりしているととつぜん涙が流れて止まらなくなった。高柳くんは外でそんなふうに私が泣くのがとてもいやみたいで、最初の一か月ほどはその都度慰めてくれていたけれど、だんだん何も言わなくなり、だんだんいやな顔をするようになり、そのうち私が泣きはじめると席を立つようになった。どうやら高柳くんは私が泣こうと思って泣いていると信じて疑わないのだ。泣こうと思って、というのは、ごはんを食べながらタマ子のことを思い出してかなしくなって泣く、ということで、だからタマ子のことをそのときだけ考えなければ泣かずにいられるはずだ、と彼は思っている。けれども実際はタマ子のことを思い出さなくても、すっかり忘れていても、何かのスイッチが入ったみたいに――いや違う、スイッチもないのだ、だから前触れもなく止めようもなく、ただ液体がだらだらとこぼれる。

　そりゃあ人前で、あるいは人前じゃなくたって、いっしょにいる人がそんなふうにだらだら泣いていたらいやだと私だって思う。好きな人あるいは近しい人が、うれしくてではなくて泣いているのを見るのはつらいし、気が滅入る。だからなんとかしてあげたかったけれど、自分でもどうにもしようがなく、しばらく会わないしか方法はないような気がすると私は言い、そうしたら高柳くんが「失恋を癒やすのは恋。猫を失ったかなしみを癒やすのは猫」と、まるで名言か何かみたいに言い、里親会や動物病院の里親募集の貼り紙について教えてくれるようになった。でもそのときはまだ、私の気持ちの準備が整っていなかった。タマ子の生まれ変わりがいるのではないかと思いはじめたのは、タマ子がいなくなって半年後、今年になってからだ。ごめんね、ちょっととうぶん会いたくない、と私は例によって涙を流しながら言い、高柳くんはわかったと言った。ほっとしたのではないかと、嫌みでもなんでもなく思う。泣いている人間のそばにいるのは、とくにやさしい人にはしんどいから。

　まだ梅雨明け宣言前の七月の半ば、土日を入れて三泊四日の休暇をとって私は台湾にやってきた。羽田空港から台北の松山空港まで三時間強で着き、そこから地下鉄を乗り継いでホテルのある繁華街に向かう。町は、サウナみたいに湿気が多く、さほど暑くないのに歩いているとシャツが汗で湿る。

私が海外を旅したのはタマ子と出会う前、ハワイとニューヨークとバンコク、どれもぜんぶ友だちまかせの旅だった。だから飛行機にひとりで乗るのも、空港から市内にいくのもかなり緊張していたが、自分でもびっくりするくらい何も問題なく移動でき、中山駅から歩いて数分のホテルにもスムーズにチェックインできた。

台北駅から猴硐にいく列車を見つけて乗るのには、少しおたおたしたけれど、まちがえずに乗り換えの必要ない列車に乗ることもできた。途中まで車内は混んでいたがだんだんに空いて、私は空いた席に座って窓の外を見た。民家やビルが多い町を過ぎて、だんだんとこんもりした緑の山が多くなる。台北を出て三十分もすると、山と渓谷と空が視界を埋める。ああ、なつかしいなあ、というひとり言が口をついて出て、私は笑いたくなる。なつかしいなんて、はじめてきたのに。昔の日本の光景に似ていてびっくりすることがあるよ、と教えてくれたのは総務の栗林さんではなくて、営業の日向さんだ。日向さんも台湾が好きでもう何度もいっていると話していた。社内には思いのほか台湾好きの人がいて、私が今度の休みに台湾にいくと言うと、みんなそれぞれに好きなポイントを熱く語ってくれた。

なつかしいと思ったのはだからなのかとも思ったが、しかし私は昔の日本といって思い浮かぶような景色の思い出はない。列車は橋を渡り川を越える。川を越えて、よりいっそう近づいた山々のなかを走る。昔はこのあたり、ずいぶんにぎやかだったのになあ。炭酸のあぶくのようにふとそんな一言が湧き上がり、私はぎょっとする。何を図々しい。はじめての場所に浮かれて、なつかしいと思うばかりか、昔がどうだって？　私は何をいい気になっているんだろう。

駅に着き、ホームを出るといきなり猫猫猫、猫だらけで面食らう。生きている猫ではなく、看板、ポスター、提灯（ちょうちん）、置物、ぬいぐるみなどの猫が出迎えてくれる。写実的な猫ではなくて、みんな絵本の挿絵や漫画のような猫である。前日からなんとなく思っていたことだけれど、台湾の人ってかわいいものが好きすぎないか。同じ駅で降りた人たちは、看板や置物の前で写真を撮り合っている。晴れていたが、町より湿気が少なくて歩きやすい。

地図は持っていなかったが、ちいさな村だとネットの旅サイトで読んだので迷うこともないだろうと、ほかの観光客たちについて駅構内を出る。出てすぐ、道ばたに猫がいる。生きている猫だ。ゆるい坂道を上がっていくと、道にも塀の上にも猫がいる。坂の途中に、飲みものやアイスクリームを売る屋台が出ている。坂を登り切ると、高台になっていて、線路が見下ろせる。飲食店や雑貨店が軒（のき）を連ねている。その軒先にもいるし、高台にも寝そべっている。大きいものもちいさいものもいて、柄もさまざまだ。観光客たちはしゃがんだり寝転んだりして猫たちの写真を撮っている。

私は写真は撮らず、見かける猫たちに胸の内で呼びかけて歩く。タマ子、きたよ、サナエだよ、台湾に会いにきたよ、タマ子、いたら返事して。天気がいいからか、どの猫たちも眠そうで、猫なのに俊敏さがなく、動きも緩慢だ。飼い猫も混じっているらしく、首輪や鈴をつけている猫もいる。外猫らしき猫たちも人に慣れていて、近づいても逃げる猫はおらず、触ってもいやがらず、でも額をなすりつけたりすることもなく、ただじっと触られている。

三十分ほど歩き、タマ子を見つけることはできず、通りがかりにあったかわいらしい外観のカフェに入ると、店内にも猫がいる。椅子に座ったり、レジわきで香箱を組んでいたりする。タマ子じゃない？　タマ子だったら返事してよね。話しかけてもちらりともこちらを見ない。

猫の描かれたエプロン姿の女の子が注文をとりにきて、アイスティを注文する。

「日本のかたですね」と彼女が日本語で笑いかける。「猫が好きですか」

「はい」私は最初の質問に答え、二番目の質問にはつい「猫も好きですが、亡くなった猫の生まれ変わりがここにいるかもしれないからきました」と、馬鹿正直に答える。答えてから、こんなことを言われても困るよな、とかすかに後悔するが、

「いるといいですね」と彼女は笑顔のまま言い、奥に引っこむ。

いるといいですね、というその言いかたは、社交辞令などではなく、そのような例を見てきたから、あなたもその例に該当するといいですね、というように私には聞こえ、励まされた気持ちになる。中腰になって、隣の席の椅子に座る猫の背を撫で、

「タマ子って知ってる？　知ってたら教えてよ」と小声で話しかけると、猫は私を見ずに尻尾をひとふりする。知ってるよ、と言ったのか、知らないね、と言ったのか、それはわからない。

アイスティを飲み、勘定を払い、店を出る段にも、

「いるといいですね」とお店の女の子は言ってくれた。

「ありがとう」私は礼を言って店を出る。

雑貨屋やギャラリーを覗きながら歩く。どの店の商品も猫付きで、店の内外にも猫がいて、公衆トイレを見つけて入ると壁には額入りで猫の写真が飾られ、ドアや壁には猫のイラストが描かれていて、個室のドアを開けたら邪魔をされたかのような顔つきで猫がするりと出てきて、小用をたし、写真におさまる猫を見ながら手を洗い、気の抜けた笑いが出た。なんだこの猫過剰。トイレを出てまた歩きはじめ、なんだかもうタマ子に会えなくてもいいような気がしてきた。石とか草みたいにどこにでも猫がいて、みんな眠そうで、けんかもせず、気安く触らせてくれて、こういう場所があると知っただけで、なんかもういいや。

駅の反対側にいってみると、ものものしい廃墟がある。骨組みだけ残して崩れ、木々や雑草が好き放題にのびている建物のなかにも猫がいる。炭鉱跡地という看板があり、記念館らしき建物もある。願景館というその記念館に入ってみると、こちらは観光客の姿もなく、猫もおらず、炭鉱の町だったころのジオラマや、写真の展示がある。石炭が採掘されるようになったのは一九一一年、日本に統治されていたころだ。人々は日本語を覚えさせられて思想教育をされていた。自分たちの言語を奪われて、覚えたくもない歌をうたわされていた。ジオラマを見ていると複雑な気持ちになり、興味もないのに記念館に入ったことが申し訳なくも思えてきて、私は外に出る。

願景館のわきの道を進むと階段があり、猫の寝そべるその階段を上ると、川にかかる橋があった。ここには観光客がいて、橋の上から写真を撮っている。かなりの高さがある橋を歩く。こんもりした山々が川沿いに続く景色を眺め、振り向くと、こちらは炭鉱あとが広がっている。朽ちた建物や焼け落ちたような建物もある。あんなににぎやかだったのになあ、とまたしても自然と思い浮かぶ。にぎやかだったのに？　ああ、今願景館の写真で見た炭鉱の町と比べてそう思ったのだろうか。それにしてもこの橋は採掘した炭鉱を運ぶための橋だと、でもどうして私は知っているんだろう。そういう表示を読んだっけ？　しかし表示はその先にあった。英語での説明の下に日本語表記もある。この運炭橋は大正九年、汽車の開通にあわせ、河東岸の炭鉱から採掘した石炭の選炭と洗炭をするよう選炭工場へ運搬、そして販売のために建てられた。運炭のほか民衆の一般通路としても使用されていた。

その標識の下に、さっきまではいなかった猫がいる。前脚を揃えて座っている。私を見上げている。しゃがみこんで目線を近づけ、

「タマ子？」と私は訊いた。猫はぱっちりした目で私を見つめたまま、

「リーさん」と言う。

「え、何？　あなたしゃべった？　リーさんってだれ」私は訊く。近くにいた若い女性たちが私を見て笑っている。

「え、あの、この猫しゃべるんですけど」私はつい彼女たちに話しかけた。二人は近づいてきて、かがんで猫の頭と背を撫でる。

「リーさん」猫は私を見て言う。

「ほらしゃべった」私は彼女たちに訴えるが、二人は顔を見合わせて笑い、スマートフォンで猫の写真を撮っている。話している言葉からして韓国の女の子のようだ。

「リーさん」猫はくり返す。どうやらこの二人には、猫の鳴き声にしか聞こえていないらしい。そういえば、しゃべる猫の動画を見たことがあるなとふと思い出す。「こんにちは」って言ってるでしょと飼い主は言うのだが、「ニャハー」と鳴いているようにしか私には聞こえなかった。

「どこのリーさんよ」二人がいってしまってから私は訊く。

「ディーホアジェー」猫は犬歯が見えるほど大きく口を開け、ジェを長くのばして大きな声を出した。

「何それどこ？」と訊く私の頭には迪化街という文字が浮かぶ。何それどこ。猫に問うのと同じ問いを自分に向ける。「あんたタマ子なの？　タマ子じゃないの？　リーさんがタマ子なの？」私は猫の頭を撫で、タマ子がそうされるのを好んだ耳のうしろを掻いてやる。ところが猫は迷惑げに頭をふり、私をにらみつけてくる。「ごめん、タマ子じゃないのね」

「ヤーホイ」手を放すと、猫は穢れを浄めるかのように私の触った部分をなめた前脚でこすり、ちいさく言う。

「へ？　なんて？」

「リーヤーホイ」

「マサエ？」

ぷるぷると首を振り、「ヤーーーーーーホイ」猫はまのびする声を出した。

迪化街は有名な問屋街である。台湾通の栗林さんも、通ではないが旅行経験のある錦野さんも日向さんも、おすすめスポットとして挙げていた。昔ながらの建物がずらりと並び、乾物屋が多いけれど、何年か前から観光地化が進んでおしゃれなカフェやレストランが点在しているという。ディーホアジェという言葉を聞いて文字が浮かんだのはきっと栗林さんが「ディーホアジェで干しエビとか干し貝柱とか買ったらいいよ、あとかごバッグなんかも安くておすすめ」と言いながら迪化街と書いてくれたからだろう。錦野さんは「ゆかがい」と言っていたし日向さんは「てきかがい」と言っていた。猫に言われなくてもいくつもりだったので、翌日、私は地下鉄を乗り継いで迪化街を目指した。

駅を下りて、道路を渡り、乾物街を目指して歩く。ここも大勢の観光客らしき人たちが歩いているから、地図を見ずに彼らのあとをついていく。ああここか、とすぐにわかる。高い建物はなくなり、石造りの古めかしい建物が並び、どの店も歩道にワゴンを出している。この日も晴天で、湿気が多く、日なたにいるとぼうっとしてくる。アーケードになっているので日陰の歩道はまだ歩きやすい。あとで縁結びの神さまのところに寄っていこうとぼうっとしたまま考えて、はて、なんだっけと思う。ほら縁結びの神さまだよ、並々ならぬご利益の。連れていってあげたじゃない。二人でお祈りしたじゃない。あのあとどうなった？　私は立ち止まる。周囲を見まわす。だれ？　だれも私に話しかけていない。観光客たちはのんびりとアーケードを歩きながらワゴンや店先の商品を眺め、働く人たちは段ボール箱や荷物を抱えて車道の隅を足早に歩いていく。バイクや自動車がクラクションを鳴らして過ぎていく。

雅恵。日本の読みかただとまさえ。だから日本式の名前に改名しないでいいの。そう言った女の子を私は知っている。ここはディーホアジェではなくてもっと違う名前だった。雅恵は一軒のお店に入って台湾の言葉で何か言う。若い女性が出てくる。雅恵の母親だ。雅恵は私を紹介し、私たちは挨拶をする。からすみや干しなまこを売っている縦長の店、あれはどこだったっけ。私は熱に浮かされたように商店に目を走らせる。五軒ほど、まったく似たような品揃えの乾物屋が並んでいる。雅恵はこのうちのどれかの商店の娘だった。

それがいつで、断片的にあふれ出てくるものが記憶なのか妄想なのか、正体もわからないまま、私はいちばん古そうな店に入る。淡い色のTシャツを着た中年女性が私にはわからない言葉で何か言うが、いらっしゃいのようなことだろうと理解して、「李さんですか?」と訊きながら、メモ帳を取り出して「李」と書いてみる。女性は首を振り、隣の店を指す。

「ありがとうございます」私は礼を言い、隣の店に入る。急にどきどきしはじめる。「李さんですか? 雅恵さんはいらっしゃいますか? 雅恵さん」私はまたメモに漢字で名前を書いて、店の奥、丸椅子に座っているおじいさんに見せる。ランニング姿のおじいさんはその字をまじまじと見て、何か言う。その言葉が私にはわからず、推測もできない。どうしよう。「雅恵さん、だれですか?」おじいさんは私にわからないことを話し続けながら、奥に引っこんでしまう。ああたしかに、たしかにここは李雅恵の家だ、でもなんで私はここを知っているのだろう。

　おじいさんは何かを手にして戻ってくる。それを私に渡す。写真だ。白黒のものもあり、カラー写真もある。白黒の写真には若い女性が写っていて、カラー写真には白髪の女性が写っている。白黒の写真に写っているのは、お下げ髪でブラウス姿の、丸顔の女の子で、まったく見覚えがないのに、同時に、これが私の知っている雅恵だという確信がある。チャイナドレスのようなワンピースを着た写真もある。色あせたカラー写真は、円卓を囲む数人を切り取ったものと、どこかの観光名所だろう、桜の木の前で笑っている老婦人と中年男性が写っているもの。円卓の女性にも、桜の前の老婦人にも、お下げ髪の少女の面影がある。ランニング姿のおじいさんが写真の中年男性を指し、その指を自分に向けて笑う。この人はきっと雅恵の息子さんで、この写真は二、三十年も前だろうか。それからおじいさんは天井を指して両手を合わせる。雅恵は天国にいると言っているのだろう。

　しあわせだったんだね雅恵。そんな言葉がおなかの奥の奥から湧き上がってきて、不思議な気持ちにはなるが私はもう驚かない。縁結びの神さまにお祈りして、いい人と出会って結婚して、生家のここでずっと暮らして、子どもたちや孫たちに見送られて旅立ったんだね。しあわせじゃないときもあったかもしれないけど、でもしあわせだったときのほうが多かったよね。

「ドーシャーリイ」私は礼を言って写真を彼に返す。見送られて店の外に出ようとし、店先に並ぶからすみと干し貝柱を買う。おじいさんは端数をおまけしてくれる。「ドーシャーリイ」私はもう一度礼を言って店を出て、そのまま歩く。振り返るとおじいさんはひさしの下に立っていて、高く手を挙げる。

そのまま私は熱に浮かされたように迪化街を歩く。どんどん日が高くなり、気温も上がる。栗林さんが言っていたように、竹かごやポリエチレンのカラフルなバッグを売る店や、あえてレトロ調にしたカフェなどが並んでいる。歩道を歩いていると、ぽつぽつとこまぎれに、子どものころに見た映画みたいにおぼろげに、光景や人の顔や看板の文字なんかが浮かぶ。それらを今の私が組み立てなおして架空の物語を作ってみる。この私ではないその私は、十代で、父親か親族の大人に連れられて列車を乗り継ぎ、神戸港から船に乗って台湾の基隆(キールン)にやってきた。同行したその大人に仕事の用があったのだ。雅恵は、私の同行者の仕事の主催者か案内役の、やっぱり娘さんか親族で、年が近いから私と引き合わされたのだろう。大人たちが仕事をしているあいだ、私と雅恵は町を歩いたり、牛肉麵を食べたり、寺廟をお詣りしたりしたのだ。バナナ畑やサトウキビ畑はきっと列車の窓から見たのだろう。大人に連れられて炭鉱の町まで足をのばしたのだろう。あるいは炭鉱関係の仕事をしていたのかもしれない。そのころからここにはたくさん猫たちがいた。坑道の柱を齧(かじ)るネズミたちをやっつけてくれるのだと教えてくれたのは雅恵ではなかったか。

　私のなかに、今の私ではない私がいて、この短い旅をきっかけにちょっとだけその私ではない私の記憶が戻ったらしいことに、私は今や不思議も疑問も感じない。ただ不満なのは、タマ子、台湾においでと言ったタマ子よ、そのタマ子がどこにもいないことだ。天国にいる雅恵と、私ではなかった私に、タマ子はいったいなんの関係があるのさ。あるいは、あるいは雅恵がタマ子だったの？　みかんやオレンジや、もう少しちいさな緑の柑橘類を並べた屋台が出ていて、それを見たら思い出したように喉(のど)の渇きを感じて、屋台のあるじにオレンジジュースを注文する。紙コップに注いで渡された絞りたての生ジュースは、さっぱりしていて冷たくて、甘くて酸味がフレッシュで、夢中で飲み、ついおかわりを注文した。二杯目はもう少しゆっくりと飲み、飲みながらおいしいと心底思い、そう思っただけなのに鼻の奥が痛んで涙があふれた。それらがこぼれるより先に手の甲で拭(ぬぐ)い、だいじにだいじに残りを飲む。

　もう少し歩いたら台北駅周辺に戻って牛肉麵を食べるんだ、それから台北１０１にいって松山文創園区にいって、龍山寺にいって紅楼にいって夜は夜市にいって食べまくるんだ。明日は故宮博物館にいくのをやめてもう一度あの猫村を訪れてみようか。炭鉱跡の猫に、雅恵の息子に会えたことの礼を言おうか。でも、猫っておんなじところにじっとしていないからな。

　そこまで考えて、私は幾度か瞬(まばた)きした。猫っておんなじところにじっとしていないからな。

　晴れていて、空には薄めてのばしたような雲が浮かび、全体的にかすんでいる。観光客たちと地元の人たちがアーケードをいきかい、車やバイクが車道を走り、クラクションがあちこちで鳴らされている。道の先は熱気でゆらゆら揺れて見える。光景は霞がかっているのに、ふいに視界から靄(もや)が晴れて、屋台のオレンジも看板の文字も、車道に落ちたビニール袋も向かいの店に並ぶお茶葉もやけに輪郭をくっきりさせはじめたように見えた。光景が、一枚薄皮を脱いだようなあんばいだ。

　私たちのたましいも——今までたましいとか輪廻(りんね)なんて考えたことも信じたこともなかったけれど、でももしそういうものがあるとして、それらもまた、おんなじところにじっとしていないのではないか。場所も、時間も、あちこちを好き勝手にさまよって、そうしてふっと再会したり、すれ違ったりして、おたがいに気づいたり、気づかなかったり、しているんじゃないか。たぶん台湾にこなければ私は雅恵のことなど知らないままだったろうし、私ではなかった私がいるかもしれないとも、考えなかった。

　この短い旅でタマ子に会えなかったとしても、だからだいじょうぶだ。私たちのたましいはじっとしていないのだし、でも猫にならって縄張りがあるかもしれないのだから、いつかきっとどこかで会うか、すれ違うか、するに違いない。だからだいじょうぶ。ああ、視界が晴れたのはだいじょうぶだと気づいたからだ。二杯目のオレンジジュースを飲み干して、紙コップを潰してもう一度空を見上げる。その瞬間、ごつんと何かがすねにあたって、私は驚いて足元を見る。何もない。猫はいない。でも、あのごつんをたしかに感じた。軽くてやさしいごつん。エアごつん、という言葉が思い浮かんで、笑いがこみ上げる。紙コップをゴミ箱に捨てて、ドーシャーと屋台のあるじに声をかける。そうだ、月下老人にお詣りするんだった。ちょっとむずかしいあのお詣りのしかた、思い出せるかな。雅恵がしあわせな結婚をしただろうことにまず礼を言って、それから私だ、今のこの私が今のこの人生において、すてきな人に出会わせてくださいとお願いしよう。心のなかでぶつぶつとつぶやきながら、記憶の奥の奥にある淡い記憶をたよりに、私は霞海城隍廟（シアハイチエンホアンミャオ）を目指す。

初出

「オール讀物」

隣に座るという運命について　二〇二二年五月号
月下老人　二〇二三年五月号
停止する春　二〇二二年五月号
チャーチャンテン　二〇二三年九月・十月合併号
石を拾う　二〇二四年三月・四月合併号
猫はじっとしていない　二〇二二年五月号

本書は文庫オリジナルです

DTP制作　エヴリ・シンク

文春文庫

いつか、アジアの街角(まちかど)で

定価はカバーに表示してあります

2024年5月10日　第1刷

著　者　中島京子(なかじまきょうこ)　桜庭一樹(さくらばかずき)　島本理生(しまもとりお)
大島真寿美(おおしまますみ)　宮下奈都(みやしたなつ)　角田光代(かくたみつよ)

発行者　大沼貴之

発行所　株式会社 文藝春秋

東京都千代田区紀尾井町 3-23　〒102-8008
TEL 03・3265・1211(代)
文藝春秋ホームページ　http://www.bunshun.co.jp

落丁、乱丁本は、お手数ですが小社製作部宛お送り下さい。送料小社負担でお取替致します。

印刷製本・TOPPAN

Printed in Japan
ISBN978-4-16-792213-9

（　）内は解説者。品切の節はご容赦下さい。

渦　大島真寿美
妹背山婦女庭訓　魂結び

浄瑠璃作者・近松半二の生涯に、虚と実が混ざりあい物語が生まれる様を、圧倒的熱量と義太夫の如き心地よい大阪弁で描く。史上初の直木賞&高校生直木賞W受賞作！（豊竹呂太夫）

お-73-2

祐介・字慰　尾崎世界観

クリープハイプ尾崎世界観、慟哭の初小説！　売れないバンドマンが恋をしたのはピンサロ嬢――。「尾崎祐介」が「尾崎世界観」になるまで。書下ろし短篇「字慰」を収録。（村田沙耶香）

お-76-1

午前三時のルースター　垣根涼介

旅行代理店勤務の長瀬は、得意先の社長に孫のベトナム行きの付き添いを依頼される。少年の本当の目的は失踪した父親を探すことだった。サントリーミステリー大賞受賞作。（川端裕人）

か-30-1

ヒート アイランド　垣根涼介

渋谷のストリートギャング雅（みやび）の頭（ヘッド）、アキとカオルは仲間が持ち帰った大金に驚愕する。少年たちと裏金強奪のプロフェッショナルたちの息詰まる攻防を描いた傑作ミステリー。

か-30-2

ツリーハウス　角田光代

じいさんが死んだ夏、孫の良嗣は自らのルーツを探るべく、祖父母が出会った満州へ旅に出る。昭和と平成の世相を背景に描く、一家三代のクロニクル。伊藤整文学賞受賞作。（野崎　歓）

か-32-9

太陽と毒ぐも　角田光代

大好きなのに、どうしても許せないことがある。不完全な恋人たちの、ちょっと毒のある11のラブストーリー。「角田光代の隠れた傑作」といわれる恋愛短篇集が新装版で登場。（芦沢　央）

か-32-17

笹本稜平
還るべき場所
世界2位の高峰K2で恋人を亡くした山岳家は、この山にツアーガイドとして還ってきた。立ちはだかる雪山の脅威と登山家たちのエゴ。故・児玉清絶賛の傑作山岳小説。（宇田川拓也）
さ-41-3

笹本稜平
春を背負って
先端技術者としての仕事に挫折した長嶺亨は、山小屋を営む父の訃報に接し、脱サラをして後を継ぐことを決意する。山を訪れる人々が抱える人生の傷と再生を描く感動の山岳短編小説集。
さ-41-4

佐々木　譲
代官山コールドケース
神奈川県警より先に17年前の代官山で起きた女性殺しを解決せよ。密命を受け、特命捜査対策室の刑事・水戸部は女性刑事とコンビを組んで町の奥底へ。シリーズ第二弾。（杉江松恋）
さ-43-7

坂木　司
ワーキング・ホリデー
突然現れた小学生の息子と夏休みの間、同居することになった元ヤンでホストの大和。宅配便配達員に転身するも、謎とトラブルの連続で!?　ぎこちない父子の交流を爽やかに描く。
さ-49-1

坂木　司
ウィンター・ホリデー
冬休みに再び期間限定の大和と進の親子生活が始まるが、クリスマス、正月、バレンタインとイベント続きのこの季節はトラブルも続出……。大人気「ホリデー」シリーズ第二弾。（吉田伸子）
さ-49-2

桜庭一樹
私の男
落魄した貴族のようにどこか優雅な淳悟は、孤児となった花を引き取る。内なる空虚を抱えて、愛に飢えた親子が超えた禁忌を圧倒的な筆力で描く第138回直木賞受賞作。（北上次郎）
さ-50-1

桜庭一樹
荒野（こうや）
恋愛小説家の父と鎌倉で暮らす少女・荒野。父の再婚、同級生からの告白、新たな家族の誕生……。十二～十六歳、少女の四年間を瑞々しく描いた成長物語が合本で一冊に。（吉田伸子）
さ-50-8

（　）内は解説者。品切の節はご容赦下さい。

白石一文
僕のなかの壊れていない部分

東大卒出版社勤務、驚異的な記憶力の「僕」は、どんな女性とも深く繋がろうとしない。その理屈っぽい言動の奥にあるのは絶望か渇望か。切実な言葉が胸を打つロングセラー。（窪　美澄）

し-48-4

島本理生
ファーストラヴ

父親殺害の容疑で逮捕された女子大生・環菜。臨床心理士の由紀が、彼女や、家族など周囲の人々に取材を重ねるうちに明らかになった環菜の過去とは。直木賞受賞作。（朝井リョウ）

し-54-3

雫井脩介
検察側の罪人（上下）

老夫婦刺殺事件の容疑者の中に、時効事件の重要参考人が。今度こそ罪を償わせると執念を燃やすベテラン検事・最上だが、後輩の沖野はその強引な捜査方針に疑問を抱く。（青木千恵）

し-60-1

須賀しのぶ
革命前夜

バブル期の日本から東ドイツに音楽留学した眞山。ある日、啓示のようなバッハに出会い、運命が動き出す。革命と音楽の歴史エンターテイメント。第十八回大藪春彦賞受賞作。（朝井リョウ）

す-23-1

鈴木大介
里奈の物語　15歳の枷

伯母の娘や妹弟の世話をしながら北関東の倉庫で育った少女・里奈。伯母の逮捕を機に児童養護施設へ。だが自由を求めて施設を飛び出す。最底辺で逞しく生きる少女を活写する青春小説。

す-26-1

瀬尾まいこ
強運の持ち主

元OLが〝ルイーズ吉田〟という名の占い師に転身！　ショッピングセンターの片隅で、小学生から大人まで、悩める背中をちょっとだけ押してくれる。ほっこり気分になる連作短篇。

せ-8-1

中島京子
小さいおうち
昭和初期の東京、女中タキは美しい奥様を心から慕う。戦争の影が濃くなる中での家庭の風景や人々の心情。回想録に秘めた思いと意外な結末が胸を衝く、直木賞受賞作。（対談・船曳由美）
な-68-1

中島京子
のろのろ歩け
台北、北京、上海。ふとした縁で航空券を手にし、忘れられぬ旅の光景を心に刻みこまれる三人の女たち。人生のターニングポイントにたつ彼女らをユーモア溢れる筆致で描く。（酒井充子）
な-68-2

中島京子
長いお別れ
認知症を患う東昇平。遊園地に迷い込み、入れ歯は次々消える。けれど、難読漢字は忘れない。妻と3人の娘を不測の事態に巻き込みながら、病気は少しずつ進んでいく。（川本三郎）
な-68-3

中島京子
夢見る帝国図書館
上野公園で偶然に出会った喜和子さんが、作家のわたしに「上野の図書館が主人公の小説」を書くよう持ち掛ける。やがて、喜和子さんは終戦直後の上野での記憶を語り……。（京極夏彦）
な-68-4

中山七里
静おばあちゃんにおまかせ
警視庁の新米刑事・葛城は女子大生・円に難事件解決のヒントをもらう。円のブレーンは元裁判官の静おばあちゃん。イッキ読み必至の暮らし系社会派ミステリー。（佳多山大地）
な-71-1

中山七里
テミスの剣（つるぎ）
自分がこの手で逮捕し、のちに死刑判決を受けて自殺した男は無実だった？　渡瀬刑事は若手時代の事件の再捜査を始める。冤罪に切り込む重厚なるドンデン返しミステリ。（谷原章介）
な-71-2

中山七里
ネメシスの使者
殺人犯の家族が次々に殺される事件が起きた。現場に残された、ギリシア神話の「義憤」の女神を意味する「ネメシス」という血文字の謎とは？　死刑制度を問う社会派ミステリー。（宇田川拓也）
な-71-3

（　）内は解説者。品切の節はご容赦下さい。

宮下奈都
田舎の紳士服店のモデルの妻
ゆるやかに変わってゆく。私も家族も——田舎行きに戸惑い、夫とすれ違い、子育てに迷い、恋に胸を騒がせる。じんわりと胸にしみてゆく、愛おしい「普通の私」の物語。（辻村深月）
み-43-1

宮下奈都
羊と鋼の森
ピアノの調律に魅せられた一人の青年が、調律師として、人として成長する姿を温かく静謐な筆致で綴った長編小説。伝説の三冠を達成した本屋大賞受賞作、待望の文庫化。（佐藤多佳子）
み-43-2

宮下奈都
静かな雨
行助はたいやき屋を営むこよみと出会い、親しくなる。こよみは事故に巻き込まれ、新しい記憶を留めておけなくなり——。文學界新人賞佳作のデビュー作に「日をつなぐ」併録。（辻原　登）
み-43-3

湊　かなえ
望郷
島に生まれ育った私たちが抱える故郷への愛、憎しみ、そして憧憬……屈折した心が生む六つの事件。日本推理作家協会賞・短編部門を受賞した「海の星」ほか全六編を収める短編集。（光原百合）
み-44-2

水生大海（みずきひろみ）
ひよっこ社労士のヒナコ
ひよっこ社労士の雛子（26歳、恋人なし）が、クライアントの会社で起きる六つの事件に挑む。労務問題とミステリを融合させた新感覚お仕事小説、人気シリーズ第一弾。（吉田伸子）
み-51-2

村山由佳
星々の舟
禁断の恋に悩む兄妹、他人の恋人ばかり好きになる末っ子、居場所を探す団塊世代の長兄、そして父は戦争の傷痕を抱えて——愛とは、家族とはなにか。心震える感動の直木賞受賞作。

む-13-1

村山由佳・坂井希久子・千早　茜・大崎　梢
額賀　澪・阿川佐和子・嶋津　輝・森　絵都
女ともだち
人気女性作家8人が「女ともだち」をテーマに豪華競作！「彼女」は敵か味方か？　微妙であやうい女性同士の関係を小説の名手たちが描き出す、コワくて切なくて愛しい短編小説集。

む-13-51

池波正太郎・逢坂剛・上田秀人・梶よう子
風野真知雄・門井慶喜・土橋章宏・諸田玲子
池波正太郎と七人の作家 蘇える鬼平犯科帳

逸品ぞろいの「鬼平づくし」。「鬼平」誕生五十年を記念し、七人の人気作家が「鬼平」に新たな命を吹き込んだ作品集。本家・池波正太郎も「瓶割り小僧」で特別参加。

い-4-200

江國香織・小川洋子・川上弘美・桐野夏生
小池真理子・髙樹のぶ子・髙村薫・林真理子
甘い罠
8つの短篇小説集

江國香織、小川洋子、川上弘美、桐野夏生、小池真理子、髙樹のぶ子、髙村薫、林真理子という当代一の作家たちの逸品だけを収めたアンソロジー。とてつもなく甘美で、けっこう怖い。

え-10-2

恩田陸・米澤穂信・村山由佳・窪美澄・彩瀬まる
阿部智里・朱川湊人・武川佑・乾ルカ・小池真理子
妖し

暑い日に起こるある出来事。なぜか思い出すもう一人のわたしの記憶……。それは不思議な夢か妄想か。あなたが見ている世界は本物ですか？　10人の執筆陣が紡ぐ、奇譚アンソロジー。

お-42-51

辻村深月・乾くるみ・米澤穂信
芦沢央・大山誠一郎・有栖川有栖
神様の罠

ミステリー界をリードする六人の作家による、珠玉の「罠」。最愛のひととの別れ、過去がふいに招く破綻、思いがけず露呈するほころび、知的遊戯の結実、コロナ禍でくるった日常……。

つ-18-50

奥田英朗・窪美澄・荻原浩
原田マハ・中江有里
恋愛仮免中

結婚を焦るOL、大人の異性に心を震わせる少年と少女、残り時間の少ない夫婦……。人の数だけ、恋の形はある。実力と人気を兼ね備えた豪華執筆陣がつむいだ恋愛小説アンソロジー。

は-40-51

辻村深月・万城目学
湊かなえ・米澤穂信
時の罠

辻村深月、万城目学、湊かなえ、米澤穂信——綺羅、星のごとく輝く人気作家四人がつづる〝時〟をめぐる物語。宝石箱のようにきらめく贅沢な、文庫オリジナル・アンソロジー。

み-44-30

湊かなえ・有栖川有栖・柚月裕子・北村薫
井上荒野・東山彰良・加納朋子
猫が見ていた

猫を飼うふりを続けていた男の謎。同じマンションの住人の猫を密かに飼う女……猫好きで鳴る人気作家七人が集結。猫をめぐる書き下ろしアンソロジー。文庫オリジナル。　（澤田瞳子）

み-44-31

（　）内は解説者。品切の節はご容赦下さい。

安西水丸
ちいさな城下町
有名無名を問わず、水丸さんが惹かれてやまなかった村上市・行田市・中津市・高梁市など二十一の城下町。歴史的事件や人物の逸話、四コマ漫画も読んで楽しい旅エッセイ。（松平定知）
あ-73-1

赤塚隆二
清張鉄道1万3500キロ
『点と線』『ゼロの焦点』などの松本清張作品を「乗り鉄」の視点で徹底研究。作中の誰が、どの路線に最初に乗ったのかという「初乗り」から昭和の日本が見えてくる。（酒井順子）
あ-89-1

植村直己
エベレストを越えて
一九八四年二月、マッキンリーに消えた不世出の冒険家が、一九七〇年の日本人初登頂をはじめ、五回にわたる挑戦を通じて人類を魅きつけてやまないエベレストの魅力のすべてを語る。
う-1-5

植村直己
青春を山に賭けて
エベレスト、モン・ブラン、キリマンジャロ、アコンカグアなど五大陸最高峰の世界初登頂の記録と、アマゾン六千キロに挑むイカダ下り。世紀の冒険野郎の痛快な地球放浪記。（西木正明）
う-1-6

植村直己
極北に駆ける
南極大陸横断をめざす植村直己。極地訓練のために過ごした地球最北端に住むイヌイットとの一年間の生活、彼らとの友情、そして大氷原三〇〇〇キロ単独犬ぞり走破の記録！（大島育雄）
う-1-7

岡田光世
ニューヨークのとけない魔法
東京とニューヨーク。同じ大都会の孤独でもこんなに違う。お節介で、図々しくて、孤独な人たち。でもどうしようもなく惹きつけられてしまうニューヨークの魔法とは？（立花珠樹）
お-41-1

大竹昭子
須賀敦子の旅路
ミラノ・ヴェネツィア・ローマ、そして東京
旅するように生きた須賀敦子の足跡を生前親交の深かった著者がたどり、その作品の核心に迫る。そして、初めて解き明かされる作家・須賀敦子を育んだ「空白の20年」。（福岡伸一）
お-74-1

角田光代
降り積もる光の粒
旅好きだけど旅慣れない。そんな姿勢で出会う人や出来事。三陸からアフリカ、パリ、バンコク。美食を楽しむ日もあれば、世界最貧国で危険を感じる。旅にまつわる珠玉のエッセイ。

か-32-14

角幡唯介
探検家の憂鬱
チベットから富士山、北極……。「生のぎりぎりの淵をのぞき見ても、もっと行けたんじゃないかと思ってしまう」探検家・角幡唯介にとって、生きるとは何か。孤高のエッセイ集。

か-67-1

角幡唯介
極夜行
太陽の昇らない冬の北極を旅するという未知の冒険。極寒の闇の中でおきたことはすべてが想定外だった。犬一匹と橇を引き、4カ月ぶりに太陽を見たとき、何を感じたのか。（山極壽一）
か-67-3

角幡唯介
極夜行前
天測を学び、犬を育て、海象に襲われた。本屋大賞ノンフィクション本大賞、大佛次郎賞をW受賞した超話題作『極夜行』。その「エピソード1」といえる350日のすべて。（山口将大）
か-67-4

沢木耕太郎
貧乏だけど贅沢
人はなぜ旅をするのか？　井上陽水、阿川弘之、群ようこ、高倉健など、全地球を駆けめぐる豪華な十人と、旅における「贅沢な時間」をめぐって語り合う。著者初の対談集。（此経啓助）
さ-2-18

原田マハ
ハグとナガラ
女同士は四十代を過ぎてからが面白い!?　大学時代の同級生で十四年ぶりに再会したハグとナガラ。転職、別離、介護……。人生半ばを前にした、女ふたりの六つの旅物語。（阿川佐和子）
は-40-5

星野道夫
旅をする木
正確に季節が巡るアラスカの大地と海。そこに住むエスキモーや白人の陰翳深い生と死を味わい深い文章で描く。「アラスカとの出合い」「カリブーのスープ」など全三十三篇。（池澤夏樹）
ほ-8-1

（　）内は解説者。品切の節はご容赦下さい。

星野道夫
長い旅の途上

シベリアで取材中、クマに襲われて亡くなった著者が残した76篇のエッセイ。過酷な大地を見守り続けた写真家が綴った、人間と自然が織りなす緊張感に満ちた優しい眼差しと静謐な世界。

ほ-8-2

星野道夫
魔法のことば　自然と旅を語る

アラスカに魅了されて大自然と動物、人々の暮らしを撮りつづけた星野道夫が、青春の日々からアラスカの四季、人々の叡智までを語った全十本の講演集。カラー写真多数収録。（池澤夏樹）

ほ-8-3

星野道夫
森と氷河と鯨　ワタリガラスの伝説を求めて

アラスカに伝わる〝ワタリガラスの神話〟に惹かれて始まった旅は、偶然の出会いから、思いがけず遠大な帰郷の航海になった。星野道夫が遺した魂の旅の記録。カラー写真満載。（池澤夏樹）

ほ-8-4

星野博美
転がる香港に苔は生えない

中国返還直前の香港。街の安アパートに暮らす著者が、夢を見続けることをやめない香港の人々の素顔を追った、二年間の記録。第三十二回大宅壮一ノンフィクション賞受賞作。

ほ-11-2

村上春樹・吉本由美・都築響一
東京するめクラブ　**地球のはぐれ方**

村上隊長を先頭に、好奇心の赴くまま「ちょっと変な」所を見てまわった、トラベルエッセイ。挑んだのは魔都・名古屋、誰も知らない江の島、ゆる〜いハワイ、最果てのサハリン……。

む-5-8

横尾忠則
インドへ

ビートルズに触発され、三島由紀夫に決定づけられて訪れたインド。芸術家の過敏な感性をコンパスとして、宇宙と自己、自然と芸術を考える異色旅行記。カラー口絵二十三ページ付。

よ-2-1

若林正恭
表参道のセレブ犬とカバーニャ要塞の野良犬

「別のシステムで生きる人々を見たい」。多忙な著者は5日間の夏休み、一人キューバに旅立った。特別書下ろし3編「モンゴル」「アイスランド」「コロナ後の東京」収録。（DJ松永）

わ-25-1

（　）内は解説者。品切の節はご容赦下さい。

青木直己
江戸　うまいもの歳時記
春は潮干狩りに浅蜊汁、夏は江戸前穴子に素麺、秋は梨柿葡萄と果物三昧、冬の葱鮪鍋・鯨汁は風物詩――江戸の豊かな食材八十五と驚きの食文化を紹介。時代劇を見るときのお供に最適。

あ-88-1

石井好子・水森亜土
料理の絵本　完全版
シャンソン歌手にして名エッセイストの石井好子さんの絶品レシピに、老若男女の心をわしづかみにする亜土ちゃんのキュートなイラスト。卵、ご飯、サラダ、ポテトで、さあ作りましょう！

い-10-3

海老沢泰久
美味礼讃
彼以前は西洋料理だった。彼がほんもののフランス料理をもたらした。その男、辻静雄の半生を描く伝記小説――世界的な料理研究家辻静雄は平成五年惜しまれて逝った。（向井　敏）
え-4-4

姜　尚美
何度でも食べたい。あんこの本
京都、大阪、東京……各地で愛されるあんこ菓子と、それを支える職人達の物語。名店ガイドとしても必携。7年半分の「あんこ日記」も収録し、東アジアあんこ旅も開始！（横尾忠則）
か-76-1

高山なおみ
帰ってから、お腹がすいてもいいようにと思ったのだ。
高山なおみが本格的な「料理家」になる途中のサナギのようなころの、落ち着かなさ、不安さえ見え隠れする淡い心持ちを綴ったエッセイ集。なにげない出来事が心を揺るがす。（原田郁子）
た-71-1

辰巳芳子
食といのち
母娘2代にわたって日本の風土に適した食を探求してきた料理家が、「食といのち」をめぐり、福岡伸一氏ら各界の第一人者四人と対談。いのちを養う粥、スープのレシピも収録。

た-73-2

高野秀行
辺境メシ　ヤバそうだから食べてみた
カエルの子宮、猿の脳みそ、ゴリラ肉、胎盤餃子……。未知なる「珍食」を求めて、世界を東へ西へ。辺境探検の第一人者である著者が綴った、抱腹絶倒エッセイ！（サラーム海上）
た-105-1